Diese High School Hat Schränke

Robert Joseph Greene

Übersetzt von
Andrew McLeod

ISBN 13: 978-1-927124-40-6

ICON EMPIRE PRESS

552 Church Street Toronto, ON

M4Y 2E3 CANADA.

Alle Charaktere sind fiktiv und jedwede Ähnlichkeiten mit
echten Personen oder Ereignissen sind rein zufällig und
unbeabsichtigt.

DANKSAGUNG

"Ich möchte:
Bobby Nijjar, Thomas Greene, Catherine Adamson
für ihre Unterstützung danken"

Inhaltsverzeichnis

KAPITEL 1- EIN NEUER SCHÜLER

Die Abbey Park High ist nicht gerade eine moderne High School. Sie hat eher ein 60er- Jahre Retrodesign. Die Abbey Park High ist bekannt für ihre Basketballmannschaft, in der ich als Ersatzspieler spiele. Damit man eine bessere Vorstellung kriegt, wie stark die Konkurrenz ist: In der Mittelschule war ich der wertvollste Spieler mit einem Rekord für die meisten Dunks in einer Saison. Jetzt bin ich ganz unten auf der Liste. Ich rede mir ein, dass es in Ordnung ist, ganz unten zu sein, da die meisten unserer Spieler Sportstipendien von großen Universitäten erhalten. Vielleicht falle ich selbst ein paar Unis auf.

„Mark Thomas, bitte beantworten Sie die Frage."

„Oh, ich kann das nicht," antworte ich verzweifelt. Wir wissen beide, dass ich Tagträume hatte, und so wiederholt Mr. Sakolosky, der Mathelehrer aus der vierten Stunde, seine Frage.

„Können Sie die Gleichung lösen und einen Wert für x angeben?"

Ich schaue auf die Tafel, als plötzlich die Glocke klingelt. Gerettet. Ich schieße förmlich aus dem Unterricht, während ich höre, wie Mr. Sakolosky die Aufträge für morgen ansagt.

Auf dem Weg zu meinem Schließfach sagt Todd Polino: „Wir sehen uns im Training."

Ich erinnere ihn daran, dass heute Mittwoch ist, ein normaler Unterrichtstag. Ich gehe weiter mit dem Gedanken, dass er den Unterricht mehr braucht als ich.

Todd ist einer der heißesten Typen, die ich je gesehen habe.

Er ist groß, schlank und sportlich. Er hat hellbraune Augen, dabei dunkles Haar und Grübchen. Ich erröte bei meinen dummen Gedanken. Ich denke darüber nach, dass ich mir zu fast jedem Mann in der High School so meine Gedanken mache. Ich frage mich, wann ich mich mal mit Mädchen beschäftigen werde.

Die Schule ist nicht weit weg von zu Hause. Ich kann sie auch zu Fuß erreichen, aber normalerweise nehme ich den Bus. Der Bus ist voll mit Freaks aus dem ersten und zweiten Jahr, die ziemlich laut sind. Der dritte Halt ist meiner. Ich steige aus und sehe meinen Hund Taggs auf mich zu rennen. Er springt so hoch, dass er mein Gesicht ablecken kann. Taggs springt auf und ab „Hör auf, du dummer Hund!", sage ich lachend. Als ich vor der Haustür ankomme, hebe ich die Fußmatte hoch und nehme mir den Schlüssel. Ich weiß, dass Mama noch nicht zu Hause ist, weil ihr Auto nicht in der Einfahrt steht. Sie ist wahrscheinlich bei einer Hausbesichtigung. Mama arbeitet in der Immobilienbranche. Als ich noch jünger war, hat sie nicht gearbeitet, aber jetzt, wo ich älter bin, scheint sie meistens mit Immobilien beschäftigt zu sein. Ich frage mich, ob sie es bereut, eine Familie zu haben. Ich werfe meine Bücher in den Eingang und gehe in die Küche. Ich gieße mir ein Glas Milch ein und schnappe mir ein paar Pop-Tarts. Ich weiß, dass Mama ein Problem damit hätte, dass ich die gesunden Äpfel und Orangen in der Schüssel auf dem Tisch links liegen lasse, aber das ist der Vorteil, wenn man eine berufstätige Mutter hat. Ich kann jetzt eines meiner vielen geheimen Vergnügen genießen, wenn ich allein zu Hause bin: Die uralte Seifenoper „Die uralte Seifenoper". Nach dem Ende der Show schlafe ich ein bisschen auf der Couch und träume von Todd Polino, Hollis Nordstrom und anderen Jungs im Team, wie sie auf dem Platz auf und ab rennen.

Ich wache von Schlüsselklappern auf. Es ist Mama, die mit Einkäufen zurückkommt. Ich weiß, dass sie noch mehr Tüten hat, also beeile ich mich, ihr zu helfen.

Mama und Papa haben sich scheiden lassen, als ich zwölf war. Papa lebt in Kitchener, ungefähr zweieinhalb Autostunden von unserem Vorstadthaus entfernt. Wir reden nicht viel darüber, aber es scheint für beide okay zu sein. Papa ist wieder verheiratet und hat eine vierjährige Tochter, Heather. Ich sehe sie nicht oft, aber Papa kommt immer zu meinen Spielen.

Wir reden kaum, während ich Mama beim Auspacken helfe. Sie bestellt Pizza als Abendbrot. Wir essen schweigend und dann gehe ich nach oben, um meine Hausaufgaben zu machen; danach gehe ich ins Bett.

Der Rest der Woche verläuft ereignislos - bis zum folgenden Mittwoch. Ich entschiede mich, einen flotten Spaziergang zur Schule zu machen. Ich bin eher ein Morgenmensch und sehe gerne zu, wie sich der Morgen entfaltet, wenn ich meinen Tag beginne. Als ich im Klassenzimmer ankomme, ist der sonst immer freie Platz neben mir besetzt. Mein neuer Sitznachbar ist ausgerechnet ein Spieler aus der Markham District High Basketballmannschaft.

Die Markham District High School ist unsere Konkurrenzschule, nördlich von Toronto. Letztes Jahr waren unsere beiden Teams im Finale und während des Spiels gab es fast einen Tumult. Mein Sitznachbar mustert mich schnell, sagt aber nichts. Er wirkt cool und locker.

Unser Schulleiter startet die morgendlichen Ansagen über Lautsprecher. Wir setzen uns hin und Mrs. Sturbridge, die Lehrerin, geht zu unserem neuen Klassenkameraden, um seinen Stundenplan zu prüfen. Ich schaue von der anderen Seite des Schreibtisches auf seine

Karte. Ich kann nicht wirklich sehen, welche Fächer er hat, weil mir Mrs. Sturbridge im Weg steht.

Während ich mich bemühe, besser zu sehen, schaut er in meine Richtung und ich werde rot, weil ich mit meiner Neugier erwischt wurde. Um die Sache noch schlimmer zu machen, dreht sich Mrs. Sturbridge mit seiner Karte in der Hand zu mir um und fragt, ob ich eins dieser Fächer habe. Mit der Karte in voller Sicht sehe ich seinen Namen: Barry Stillwater. Wir teilen uns vier von sieben Fächern, einschließlich der ersten Stunde. Ich sage Mrs. Sturbridge, dass ich ihn zu seinem nächsten Fach bringe. Als ich merkte, dass ich damit meine Schnüffelei aufgedeckt hatte, wollte ich vor Peinlichkeit unter den Sitz kriechen.

Mrs. Sturbridge glaubt, dass das ihr Stichwort ist, um uns vorzustellen und ich werde wieder rot, als ich fast unhörbar meinen Namen murmle. „Sprechen Sie doch lauter", sagte Mrs. Sturbridge, „selbst ich kann Sie nicht hören." Die ganze Klasse kichert und ich erröte noch mehr, weil dies jetzt der Höhepunkt der ersten Stunde ist und alle Köpfe in unsere Richtung gedreht sind.

„Mark Thomas", wiederhole ich.

„Prima. Du bist in guten Händen, Barry", sagt sie und geht zu ihrem Schreibtisch zurück.

Martha Beland formt ihre Hände wie in dem Werbespot von „Allstate Insurance", der „In guten Händen" darstellen soll, und das bringt die Klasse noch lauter zum Lachen. In diesem Moment wäre ich vor Peinlichkeit am liebsten gestorben. Ich wage es nicht, Barry anzusehen, da ich mir vorstellen kann, dass er von der unerwünschten Aufmerksamkeit genauso begeistert ist, wie ich.

Als die Glocke läutet, steht er auf und schnappt sich seine Bücher. Er wartet vor der Tür des Klassenzimmers, sieht mich aber nicht an, als ich rauskomme. Er schaut einfach geradeaus. Ich fühle mich durch diese Geste irgendwie verletzt, fange aber trotzdem ein Gespräch an, während ich ihn zum nächsten Klassenzimmer bringe.

Ich bin als Einzelgänger bekannt, daher ist es für mich echt anstrengend, mit anderen zu sprechen. Ich stelle ihm viele dumme Fragen, ob er zur Markham District High gegangen ist, und ob sie acht oder sieben Stunden hatten. Er antwortet einsilbig oder nickt nur. In der Klasse sitzt er nicht neben mir: das macht mich unruhig. Die Sitzplätze sind sowieso festgelegt, aber er hätte sich darum bemühen können. Tatsächlich sitzt er direkt gegenüber im Klassenzimmer an der Wand.

In der ersten Stunde ist Geschichte. Ich kann mich nicht konzentrieren, weil ich darüber nachdenke, was ich falsch gemacht haben könnte. In diesem Moment kommt Schuldirektor Andrews herein und sagt, dass Barry vom Unterricht entschuldigt sei. Er kommt an diesem Tag nicht mehr zu Geschichte oder irgendwelchen anderen gemeinsamen Fächern. Bis zur Mittagszeit kann ich ihn aus meinem Kopf verdrängen - bis ich ein Gespräch von einigen Klassenkameradinnen am Tisch hinter mir belausche, die über den heißen Kerl aus unserer Klasse reden.

Cynthia Tyler sagt sogar, dass er die heißesten behaarten Beine hat, die sie jemals an einem Mann gesehen hat. Ich mache mir eine geistige Notiz, Barrys Beine anzugucken, wenn wir das nächste Mal Sport haben. Heute ist Mittwoch und wir haben kein Training, also entscheide ich mich am Ende des Tages, mit dem Bus nach Hause zu fahren. Ich bemerke, dass Barry im selben Bus sitzt, aber ich versuche nicht, neben ihm zu sitzen. Der dritte Halt ist meiner und ich steige aus; zu meiner Überraschung macht er das Gleiche.

„Du lebst an der Ashford?" frage ich und breche damit mein Versprechen an mich selbst, ihm gegenüber cool zu bleiben.

„Nein, an der Hemmington," sagt er, während er an mir vorbei geht.

„Wieso warst du heute nicht in den anderen Klassen? Du hättest an der nächsten Haltestelle aussteigen können, weißt du."

Barry antwortet nicht. Er geht langsam, so dass ich zu ihm aufholen kann.

Ich gehe weiter, nur um mit ihm zu reden. Ich komme an meinem Haus vorbei und merke, was ich da mache, ohne es zu registrieren. Taggs bemerkt es aber, der gerade mit seiner großen Spring-und-Schleck-Routine auf mich zurasen will, aber ich vermute, die Anwesenheit von Barry erschreckt ihn.

„Also, warum bist du nach Oakville gezogen?" Er antwortet nicht; Stattdessen stellt er mir eine Frage.

„Wohnst du an der Hemmington?"

„Nein, Ashford", antworte ich und stelle fest, was für ein Fehler ich gemacht habe, weil sich Ashford und Hemmington genau an diesem Punkt kreuzen und es auf der Ashford keine Häuser mehr gibt. Ich weiß, dass ich rot werde und wechsle schnell das Thema. „Also, wirst du Basketball spielen?"

„Ja, die Trainer haben mich gebeten, zum Training zu kommen, aber ich weiß nicht, ob das Team schon steht und so weiter."

„Naja, ich bin sicher, da ist noch Platz für einen", sage ich wie ein totaler Verlierer.

„Es ist ziemlich kalt, also, ich gehe rein. . . Tschüß." Barry dreht sich um und geht in die Hemmington.

Ich gehe zurück zu meinem Haus, fast hundertfünfzig Meter weg von der Stelle, an der ich Barry verlasse. Ich hoffe, dass er nicht zurückschaut und dann sieht, wie weit ich gegangen bin, nur um mich mit ihm zu unterhalten.

Taggs trottet neben mir her, als ich die Einfahrt betrete. Ich denke, Hunde können unsere Laune spüren. Mamas Auto steht in der Einfahrt. Wahrscheinlich hat sie heute keine Hausführungen gehabt.

Als ich reinkomme, fühle ich mich irgendwie deprimiert und denke, dass ich in Barrys Augen ganz schön verzweifelt ausgesehen haben muss, weil ich ihm gefolgt bin. Als ich ins Haus gehe, sind die Lichter an und der Radiowecker in der Küche spielt Musik. Ich muss zugeben, dass es schön ist, nach Hause zu kommen, wenn jemand anderes da ist.

Taggs galoppiert in die Küche, um zu sehen, ob er ein paar Essensreste kriegt. Ich mache mir nicht die Mühe, hallo zu sagen. Ich lasse einfach meinen Mantel und meine Büchertasche fallen und gehe in mein Zimmer.

Mama schreit zu mir rüber:„Mark, heute Abend Lust auf Chinesisch?"

„Ja", rufe ich zurück. Ich sitze da und frage mich, wann sie das letzte Mal in diesem Haus was gekocht hat. Sie klopft an meine Tür.

„Kann ich reinkommen?"

"Ja, komm rein", grunze ich.

Sie erzählt, dass sie zwei Häuser verkauft hat. Das ist eine Erleichterung, weil ich weiß, dass sie sich Sorgen gemacht hat. Sie sagt, dass eines der Häuser, die sie letzten Monat verkauft hat, gleich um die Ecke ist. Anscheinend hat sie sich mit der Frau angefreundet und erzählt, dass sie drei Kinder hat und eines davon in meinem Alter ist. Mein Herz ist gerade dabei, in meine Hosentasche zu sinken.

"Ihr Nachname ist nicht zufällig Stillwater, oder?"

„Doch, genau.; Kennst du eins ihrer Kinder?", fragt sie neugierig und mit einem Lächeln im Gesicht.

„Den Jungen. Er heißt Barry", füge ich hinzu, aber sie hört
nicht mehr zu.
Sie geht ihr Handy durch und sucht nach der Nummer des
chinesischen Restaurants. „Wie auch immer."
Am nächsten Tag habe ich nicht viel Zeit, mit Barry zu
reden, weil wir beide zum Bus rennen. Während der ersten
Stunde beachtet er mich nicht und ich habe mich damit
abgefunden, dass das der Normalzustand ist. Gegen Mittag
habe ich es so ziemlich geschafft, das alles durchzugehen
und den ganzen Unterricht durchzuträumen. Ich bin ein
guter Schüler, aber in letzter Zeit war ich oft
geistesabwesend. Die Mittagsglocke läutet und ich gehe in
die Pause für ein warmes Mittagessen. Spaghetti oder etwas
Ähnliches sind immer auf der Karte. Ich sitze an meinem
gewohnten Platz direkt hinter „den Mädchen", wie ich sie
nenne. Ihr Tratsch, den ich nach außen als sehr kindisch
und kleinlich kritisiere, ist meine Unterhaltung beim
Mittagessen. Der Speisesaal hat, wie alle Speisesäle der
High School, einen Bereich für die verschiedenen
Schulcliquen: Gothics, Freaks, Cheerleader, Sportler und
selbst die Band hat ihren eigenen Groupie-Bereich.
Mein Platz ist, wie ich schon sagte, direkt hinter „den
Mädchen". An diesem Tisch sitzen eher die, die sonst
nirgends reinpassen, und jeder wundert sich, warum ich
dort sitze, statt bei den Sportlern oder einer anderen
„Jungs"-Gruppe. Nur ich kenne die Wahrheit: Es macht
Spaß, dem Geplapper der Mädchen zuzuhören.
Als ich mich gerade setze, bemerke ich, dass Barry auf mich
zukommt. Ich schaue weg, um Überraschung vortäuschen
zu können. Ich kann fühlen, wie mein Herz vor Vorfreude
pocht. „Hey", sagt er und setzt sich mir gegenüber.
Ich weiß, dass alle Augen der Mädchen auf uns gerichtet
sind, während sie nach neuem Klatsch über das
Wunderkind Barry lechzen. Er sitzt einfach da und fängt an

zu essen. Das ist alles. Keine Worte. Kein Gespräch. Ich bin frustriert und entscheide mich, wieder einen Dialog anzufangen.

„Ist das Essen an der Markham District genauso schlecht?", frage ich.

Er kichert und sagt, dass es viel schlimmer sei, erklärt aber weiter, dass sie mehr Auswahl hatten. Während er weiter redet, denke ich: Das ist mehr, als ich je von ihm gehört habe, seit ich ihn getroffen habe.

Ich bin froh, endlich ein echtes Gespräch mit ihm zu führen. Er fragt, ob ich zum Training gehe. Ich kann mich nicht erinnern, ihm gesagt zu haben, dass ich im Team bin. Ich sage, „Ja, ich geh' hin."

Er sagt, dass er auch beim Training sein wird. Dann wird mir klar, dass er wahrscheinlich in der ersten Aufstellung sein wird und wir nicht die gleichen Spielpläne haben. Die erste Aufstellung übt separat auf dem echten Spielfeld, dem mit den Tribünen. Die Ersatzmannschaft bekommt die Mehrzweck-Sporthalle.

Mein Herz sinkt, weil ihm klar werden wird, dass ich kein so guter Spieler bin. Das ist schlecht, weil er dann merkt, dass sich die Spieler der 1. und 2. Aufstellung nicht mischen.

Wir sprechen noch ein bisschen über die Unterschiede zwischen den Teams von Markham District und Abbey Park, und die Spielstrategien. Ich spreche, als wüsste ich etwas über die erste Aufstellung, obwohl ich nichts weiß.

Todd Polino kommt und setzt sich zu uns. Ein Anflug von Eifersucht trifft mich, als ich die Leichtigkeit ihrer Unterhaltung höre. Ich fühle mich wie der Außenseiter und kämpfe damit, an dem Gespräch teilzunehmen.

Todd ist in der ersten Aufstellung. Er ist auch als der „Don Juan von der Abbey Park High" bekannt. Er hat eine feste

Freundin, Judy Aronson, und soll den „ganzen Weg mit ihr gegangen" sein.

Judy bestreitet das Gerücht. Judy hat sich irgendwie davon überzeugt, dass sie und Todd, sich nicht mit dem „Unsinn" herumschlagen müssen, gute Noten zu bekommen, wenn sie nach der High School erst verheiratet sind.

Todd fragt Barry, ob er Rick Porter von der Markham District High kennt. Barry sagt ja. Todd sagt weiter, dass er sein Cousin sei. Sie reden weiter und ignorieren mich. Es ist klar, dass Todd nicht hier ist, um mit mir zu sprechen, obwohl ich schon das ganze Jahr hier gesessen habe. Also esse ich schweigend und höre ihren Gesprächen zu. Mein Blick huscht überall hin und ich versuche, nicht so zu wirken, als würde ich Barry anstarren. Ich starre auf seine Schuhe. Das ist unschuldig genug und ein sicherer Ort, um meine Augen auszuruhen. Ich bemerke, dass er VANS trägt. Sie sind aus wunderschönem schwarzem Wildleder und entweder neu oder außergewöhnlich sauber.

Ich bin mit dem Mittagessen fertig und finde, die einzig wahre Lösung ist, sie allein zu lassen, als wäre es mir egal. „Wir sehen uns", sage ich und gehe weg. Ich fühle mich aus irgendeinem Grund richtig gut.

KAPITEL 2- DER KUSS

Das Training ist nicht so schlecht, wie ich erwartet habe. Ich bin im Vergleich zu den anderen nicht als großartiger Spieler bekannt, aber gut genug, denk ich mal. In der Mittelschule war ich wirklich etwas Besonderes, und ich bin sicher, dass dieser Ruf etwas damit zu tun hatte, dass ich es kaum in die Ersatzmannschaft geschafft hatte.

Coach Murray besucht oft die Schulspiele, um Spieler für das nächste Jahr zu finden. Ich war damals wirklich ein Top- Sportler, aber jetzt bin ich schon glücklich, wenn ich während des Trainings zumindest einen Treffer in den Korb lande.

Die Jungs von der Ersatzmannschaft haben es wirklich schwer. Wir bekommen die schlechtere Turnhalle, und während Coach Murray die Übungs- und Spielstrategien überprüft, bleibt er nie, um uns dabei zuzusehen, wie wir sie durchgehen. Er überlässt es unserem Kapitän Mark Macelli, dem es egal ist, ob wir sie üben oder nicht. Ich fühle mich immer unwohl mit den anderen Jungs. Das ist so, seit ich in der High School zu spielen angefangen habe.

Das erste, was mir auffiel, war, dass diese Jungs Haare haben wie mein Vater. Ich bin etwas spät in der Entwicklung von Schamhaaren, und das macht mich unsicher, wenn ich mich vor irgendjemandem umziehe. Ich bin in den letzten Monaten endlich einiges gewachsen. Vielleicht war dieses unangenehme Gefühl der Grund, warum ich dieses Jahr so schlecht gespielt habe.

Meistens spielen wir ein paar Spiele um Noten. Ich weiß nie, ob Mark Coach Murray mitteilt, wie gut wir spielen oder wie viele Punkte wir gemacht haben. Heute spiele ich jedoch wirklich gut. Ich meine, ich dribble tatsächlich um jeden herum und mache fast jeden Wurf. Es ist so offensichtlich, dass Macelli laut lacht.

„Was ist los mit dir, Alter?", schreit er.

Alle lachen mit, auch ich. Wir spielen drei Spiele und gehen dann duschen. Alle lachen und ziehen mich auf. Sie fragen mich, welche Wunderdroge mich plötzlich zu einem All-Star gemacht hat. Ich lache mit ihnen und versuche, ihr Interesse an mir zu verlängern, bis wir den Umkleideraum erreichen, in der Hoffnung, dass Barry meine neu entdeckte Popularität als guter Spieler mitkriegt.

Es gibt nur einen Umkleideraum, also teilen wir ihn uns. Leider ist Barry nirgends zu finden. Ich dusche schnell und ziehe mich um und gehe zur Haupt-Turnhalle, wo ich ihn sehe. Barry ist ganz alleine und wirft Körbe. Er sieht nicht, wie ich ihn von der Tür aus beobachte. Es ist das erste Mal, dass ich ihn wirklich gut sehe. Er ist etwas größer als ich. Sein Haar ist sehr dick und wellig, fast lockig.

Ich erinnere mich, dass meine Mutter mir einmal eine Schachtel für ein Haarfärbeset gezeigt hat. Das Model auf der Schachtel hatte genau wie Barrys Haarfarbe. Ich erinnere mich an die Schachtel mit der Aufschrift „Auburn Brown".

Sein Haar ist sehr dicht mit dicken Strähnen überall, aber kurz genug, dass es ihm nicht in die Quere kommt. Barrys Körperbau ist solide mit gut definierten Muskeln. Er trägt eine lange Trainingshose, was mich enttäuscht. Ich möchte seine Beine sehen. Seine luxuriös behaarten Beine, wie die Gerüchte besagen. Seine Augen sind durchdringend, silbergrau. Manchmal habe ich Angst, wenn er mich ansieht. Sein Blick ist so ernst, und diese Augen sind so erschreckend. Ich frage mich oft, ob er durch mich hindurch schaut. Es ist, als könnte er in meine Seele sehen. Er hat eine etwas blasse Haut, oder zumindest blasser als

meine. Das ist lustig, weil ich bis zu diesem Moment nie
wirklich über Hauttöne nachgedacht habe.
Ich will ihn nicht unterbrechen. Eigentlich möchte ich ihm
noch eine meiner lahmen Fragen stellen, wie zum Beispiel,
warum er länger bleibt, aber ich weiß, dass er die Frage
ignorieren wird. Ich fühle mich sicherer… ein bisschen zu
selbstsicher, weil ich Barry schließlich einlade, morgen nach
dem Training ein paar Körbe zu werfen. Ich denke, es
erschreckt ihn auch, das lese ich an seinem
Gesichtsausdruck ab. Mir ist klar, dass ich nicht „Hallo",
oder irgendwas gesagt habe. Ich bin sicher, er fragt sich,
woher ich gekommen bin oder wie lange ich dort gestanden
habe.
Er denkt ein bisschen über meine Frage nach, was mich
nervt. Es ist eine einfache Frage. Er dribbelt ruhig den Ball.
An diesem Punkt ist mein ganzes Selbstbewusstsein weg
und ich verfolge alles, was er macht und warte auf seine
Antwort. Ich bete fast, dass er antwortet. Barry hört auf, mit
dem Ball zu spielen und geht langsam zu mir hinüber. Er
sagt „ja" auf eine distanzierte Art und Weise, als wäre er in
Gedanken, und fügt hinzu, als er zum Duschen geht dass er
morgen gegen halb fünf vorbeikommen wird.
Ich stehe einfach da. Ich will weinen. Ich weiß nicht, warum
ich mich in diesem Moment richtig schlecht fühle. Die
Turnhalle ist ruhig. Im Hintergrund duscht jemand in der
Umkleidekabine. Ich weiß, die Antwort, die ich wollte, hätte
mich in Aufregung versetzen sollen, aber stattdessen fühlte
ich Verzweiflung und Selbsthass.
   An den nächsten Schultag erinnere ich mich nur unscharf.
Ich bin aber froh. Ich hatte Angst, dass sich der Tag
hinziehen würde - so wie er das immer tut, wenn ich darauf
warte, dass etwas passiert - aber heute war das nicht der
Fall. Als die letzte Glocke läutet und signalisiert, dass die
Schule vorbei ist, renne ich zu meinem Schließfach, hole

meine Hausaufgaben und laufe nach Hause. Ich nehme
nicht den Bus, weil ich mein Treffen mit Barry nicht
ruinieren möchte. Die Aufregung könnte ihn überwältigen.
Er könnte seine Meinung ändern.

Immer noch schwitzend und etwas müde vom Laufen,
renne ich in den Flur, die Treppe hinunter und in die
Garage. Ich schnappe mir einen Besen und fege die
Einfahrt. Der Korb hängt wie bei den meisten Häusern
über der Garage.

Als ich fertig bin, binde ich Taggs fest. Er hasst es,
angebunden zu sein. Ich habe es nur einmal zuvor gemacht,
während eines Grillabends, den Mutter für ihre Kollegen
veranstaltet hat. An diesem Tag wäre er fast erstickt.

Beim Grillen habe ich mich auch nicht amüsiert,
hauptsächlich weil ich es hasste, mit Erwachsenen
zusammen zu sein, und natürlich machte ich mir Sorgen
um Taggs. Diesmal wimmert Taggs, als würde er sich
fragen, was er falsch gemacht hat. Als ich fertig bin, ist es
schon halb fünf. Ich schaue nervös die Straße hinauf, nur
um zu sehen, dass sie leer ist. Ich bin besorgt, weil ich nicht
weiß, was ich mit mir anfangen soll. Ich gehe und löse
Taggs und beginne mit ihm zu spielen. Ich reibe seinen
Bauch und wir ringen auf dem Boden. In den
Augenwinkeln sehe ich eine entfernte Gestalt. Mein Herz
beginnt schnell zu schlagen, als ich denke, dass es Barry ist.

Als ich sicher bin, dass er es ist, stehe ich auf und
versuche auf cool zu spielen. Ohne mich umzudrehen,
fange ich an, ein paar Körbe zu werfen. Ich versuche mein
Talent zu zeigen, als er sich nähert und „Hallo" sagt.
Mein Mund fällt herunter. Er trägt ein Crop Top, und ich
kann eine dünne, sehr feine Haarsträhne über seinen
Waschbrettbauch laufen sehen. Er trägt eine wirklich
ausgefallene Sporthose mit Druckknöpfen an der Seite. Die

unteren drei Druckknöpfe sind lässig zurückgeknöpft und enthüllen die viel diskutierten haarigen Beine.
Ich werfe ihm schnell den Ball zu, damit er nicht bemerkt, dass ich ihn ansehe. Wir fangen an, ein paar Körbe zu werfen. Der Unterschied in unserer Spielfähigkeit ist offensichtlich. Barry hat kein Problem damit, mich zu umkreisen.
Das ständige Bellen von Taggs zwingt uns aufzuhören.
„Hey, Junge", sagt Barry, als er zu Taggs geht und mich auf dem Platz alleine lässt.
„Kann ich ihn von der Leine nehmen?", fragt er.
„Dann können wir nicht spielen", erwidere ich und bin etwas enttäuscht, weil er sich nicht mehr für das Spiel interessiert.
„Das ist okay, ich bin sowieso ein bisschen müde."
Taggs weiß, dass dieser Kerl sein Retter ist, und sobald er befreit ist, stürzt er sich direkt auf Barrys Gesicht, um ihn saftig zu lecken. Barry scheint richtig glücklich zu sein.
„Was für ein toller Hund", sagt er. „Meine Mutter ist allergisch gegen alle Haustiere, also hatten wir nie einen Hund oder eine Katze."
Taggs liebt es zu apportieren, also suche ich nach einem Stock zum Werfen. Ich finde den perfekten Stock und werfe ihn Taggs ganz einfach hin. Taggs rennt direkt darauf zu und kommt zurück, um ihn mir vor die Füße zu legen. Ich gebe den Stock an Barry weiter, der ihn in den Hof des Nachbarn wirft.
An diesem Punkt bemerke ich, dass Barry lächelt. Und er hat ein tolles Lächeln. Es lässt ihn älter aussehen, als er ist. Es dauert nicht lange, bis meine Mutter in die Einfahrt einbiegt.
Als sie aus dem Auto steigt, schaut sie Barry freundlich an und fragt:„Wer ist dein Freund?"
Ich murmle: „Barry Stillwater."

Als sie ihre Hand ausstreckt, um seine zu schütteln, meint sie, dass Barry öfter vorbei kommen soll, wenn ich dadurch die Einfahrt ohne Aufforderung sauber mache. Es ist mir sehr peinlich.

Sie stellt sich als Mrs. Thomas vor, Marks Mutter. Barry antwortet ebenfalls schüchtern mit seiner eigener Vorstellung.

„Oh, ich habe deinen Eltern das Haus verkauft. Ich bin mir sicher, dass du jetzt, wo du unser Nachbar bist, öfter vorbeikommen wirst."

An diesem Punkt möchte ich unter einen Felsen kriechen und sterben. Es lässt mich wie einen verzweifelten Einzelgänger klingen, wenn die Mutter jemanden bitten muss, mein Freund zu sein. Wir murmeln beide etwas von irgendeiner Verpflichtung, als Barry sagt, dass er gehen muss.

Großartige Mutter, denke ich, du hast ihn abgeschreckt! Er trottet schnell die Straße entlang. Taggs und ich sehen zu, wie Barrys Gestalt in der Ferne schrumpft, als hätten wir gerade einen großen Helden oder so etwas verloren.

    Am nächsten Tag wartet Barry mit Monica Llewellyn an der Bushaltestelle. Sie ist wahrscheinlich eines der hübschesten Mädchen in unserer High School. Sie kichert und redet sehr leise mit Barry, bis ich ankomme. Sie sagt „Hallo", und ich glaube nicht, dass ich mich daran erinnern kann, dass sie mich jemals zuvor bemerkt hat. Ich grüße zurück, drehe mich um und gehe weg von ihnen, in der Hoffnung, dass Barry folgt, aber das tut er nicht. Barry redet einfach weiter mit Monica.

    Ich finde es seltsam, dass sie an dieser Bushaltestelle sind, da sie ihre eigene Haltestelle auf der Hemmington haben. Jetzt, wo ich darüber nachdenke, sind Monica und Barry Nachbarn. Ihre Häuser sind neuer als die Häuser in meiner Straße. Ich glaube, das Haus der Familie Stillwater ist ein Kolonialhaus mit vier Schlafzimmern. Ich erinnere mich, wie ich hörte, wie Mutter das als Verkaufsargument benutzte, als sie einem Interessenten telefonisch die Ausschreibung beschrieb.

Der Bus kommt. Wenn ich einsteige, suche ich schnell einen Platz, aber alle sind besetzt.
Ich bemerke bald zwei leere, einander gegenüberliegende Gangplätze. Barry folgt mir und ich bin froh, dass er das macht. Wir sprechen über das Training und wie schwierig Mütter sein können. Die Fahrt ist kurz aber wertvoll. Es fühlt sich an, als würde Barry mir im Unterricht mehr Aufmerksamkeit schenken. Schlag für Schlag geht mein Herz.

Nach der siebten Stunde gehe ich zu den Schließfächern in der Turnhalle, um mich zum Training umzuziehen. Ein Haufen Jungs ist um Barry versammelt, als wäre er ein Basketballstar oder so.

Obwohl er sich intensiv unterhält, schafft er es, mich für einen Moment anzusehen. Als er merkt, dass ich es bin, schaut er weg. Was, habe ich Lepra oder so? Ich denke eine Weile über mein Aussehen nach. Es ist nicht so, als wäre ich unattraktiv, obwohl ich zugeben muss, dass ich wahrscheinlich irgendwo im Mittelfeld liege, wenn es um das Aussehen geht, und ich bin nicht sehr fotogen. Es gibt kaum Bilder von mir, die ich mag. Einmal mussten wir uns im Urlaub mit meiner Mutter bei meinen Großeltern für den Abschluss meiner Cousine schick machen. Als ich aus der Aula kam, machte Mama ein Foto. Es ist das einzige Bild von mir, das ich jemals gemocht habe.

Ich wurde einmal von diesem Mädchen, Kathy Bovan, zu einem Tanz gebeten. Wir waren Freunde und ich war mir sicher, dass sie wusste, dass wir nur als Freunde gehen würden, aber dann, als ein besseres Angebot kam, sagte sie ab. Obwohl ich es verstanden habe, habe ich diesen Moment nie vergessen.

Jetzt denke ich voller Entsetzen, dass Barry vielleicht weiß, was ich über Jungs so denke. Ich zittere und hoffe, dass das nicht so ist. Barry und ich fahren jetzt regelmäßig mit dem Bus nach Hause.

Am Freitag gerate ich in Panik und hoffe, dass es nicht mehr nieselt, aber das tut es nicht. Als wir aus dem Bus steigen, donnert Taggs mit voller Wucht auf uns zu. Er springt über mich hinweg. Wir stehen einfach da. Barry sagt, es ist ein richtiger Mist mit dem Wetter. Er ist auf dem Weg nach Hause und ich versuche mir eine Möglichkeit zu überlegen, wie ich ihn davon abhalten kann.

„Hey, wusstest du, dass Taggs Backflips von der Wand machen kann?"

„Unmöglich!", sagt er, bleibt stehen und dreht sich wieder zu mir um.

„Doch. Komm schon, ich zeige es dir." Ich schreie fast vor Begeisterung. Dies ist ein riskanter Trick, um Barry hier zu halten. Zum einen macht Taggs keine Backflips auf Kommando; er stolpert irgendwie hinein, wenn ich ihn durch das Haus jage. Die andere Sache ist, dass Mama es nicht mag, weil Taggs schmutzige Pfotenabdrücke an den Wänden hinterlässt.

Wie auch immer, wir gehen beide zur Haustür und ich überprüfe, ob sie unverschlossen ist. Zum Glück ist sie es nicht.

Ich glaube nicht, dass Barry schon einmal in meinem Haus war. Ich untersuche es jetzt kritisch, als würde ich es einem Innenarchitekten zeigen. Die Farben sind veraltet und sieht ein bisschen abgewohnt aus. Barry scheint sich nichts dabei zu denken, aber mir ist es peinlich, denn es ist nur ein Haus im Ranchstil mit drei

Schlafzimmern, und das Grundstück ist kleiner als das der Stillwaters.

Ich öffne die Tür, um Taggs hereinzulassen, und er springt herum. Barry legt einfach seine Bücher weg und geht weiter in Richtung Küche.

Das Haus wirkt so feierlich und leer.

Ich möchte nicht, dass Barry es bemerkt, also mache ich viele Lichter im Wohnzimmer, im Esszimmer und in der Küche an. Ich schalte dann das Radio ein. „Blur" kommt gerade, also drehe ich es lauter! Ich biete ihm eine Limo an, aber er lehnt ab und bittet um Wasser.

„Ist Leitungswasser okay?"

Er nickt mit diesem Lächeln, das zum Verlieben ist.

Ich schnappe mir Taggs Spielzeug, und er wird langsam aufgeregt. Aufgeregter als sonst. Der Wurflumpen ist ein Bündel von Shirts, die zu Knoten zusammengebunden sind. Er ist wirklich verschmutzt und stinkt, aber das macht Barry nichts aus. Ich tue so, als würde ich die Lumpen werfen, und Taggs rennt hinterher. Er merkt schnell, dass es nur ein Scherz ist und kommt zurück. Barry lacht. Ich werfe es dann ins Wohnzimmer. Taggs rennt und fängt es. Normalerweise kommt er zurück und lässt es vor meinen Füßen fallen, aber diesmal nicht. Diesmal gibt er es Barry, der im Torbogen steht.

Barry lächelt und sagt zu Taggs: „Du siehst mich an! Siehst du mich an?" in seinem lustigen Robert de Niro-Akzent „Taxi Driver". Wir lachen beide. Barry nimmt den Lappen und wirft ihn in die gleiche Richtung wie beim ersten Wurf. Taggs ist verwirrt, weil wir ihn beide rufen. Er weigert sich, einem von uns den Lappen zu geben. Das nächste, was ich weiß, ist, dass Barry und ich Taggs die Treppe hinauf und rund um das Haus jagen. Taggs neckt uns, als ob er möchte, dass wir ihn fangen. Ich bin erstaunt, weil er das noch nie gemacht hat. Ich bin total aufgeregt

und freue, dass Taggs die Freude auch in Barry
herausbringt.

Wir bringen ihn schließlich mit Sofakissen in der Hand
unter das Klavier. Mama hätte beim Anblick von uns mit
den schönen Kissen einen Herzinfarkt bekommen.

Sowohl Barry als auch ich tauchen nach Taggs. Ich falle auf
den Boden und Barry fällt auf mich drauf. Taggs springt
einfach zwischen uns, als würde er sagen: „Hier bin ich!"
Barry und ich kitzeln ihn, während er sich windet.

Dann kitzeln wir uns gegenseitig. Die ganze Zeit lachen wir
hysterisch. Taggs schießt davon und erwartet, dass wir ihm
nachlaufen, aber wir tun es nicht. Das Lachen lässt nach
und Barry und ich stehen uns gegenüber.

Es ist komisch. Ich bin sicher, wir wollen uns beide
bewegen, aber ich will es nicht wirklich. Ich kann fühlen,
wie mein Herz in meiner Brust pocht. Wir atmen schwer.
Ich war Barry noch nie so bewusst nahe. Ich spüre den
verräterischen Druck in meiner Jeans, der mich verlegen
macht, obwohl es schwierig ist, anhand meiner Haltung zu
erkennen, dass ich eine Erektion habe. Mein Gesicht wird
rot bei diesem Gedanken und ich fühle, dass ein Teil von
mir offenbart wurde. Ich zittere bei dem Gefühl, oder liegt
es an meinen Gefühlen für Barry?

Ich schließe meine Augen für einen Moment, fast wie eine
lange Pause, und öffne sie langsam wieder. Als ich ihn sehe,
wird mir klar, was ich tue. Ich bin im Begriff aufzustehen
und fühle mich unbehaglich, aber als sich mein Körper
langsam bewegt und ich meine Hand aufstütze, um
aufzustehen, fällt sie langsam auf Barrys Hand. Er bewegt
sich, als würde er versuchen, mich zu stabilisieren, aber
ohne Kontrolle. Ich drehe meine Hand nach innen in seine
und er hält sie. Ich beuge mich vor und küsse Barry sehr
langsam auf die Lippen. Aber dann küsst er mich zurück.
Seine Lippen sind warm und süß. Mir wird klar, warum sie

süß sind. Barry muss Lippenbalsam mit Kirschgeschmack verwendet haben. Wie seltsam.

Während er mich küsst, legt er seine Hand hinter meinen Kopf und greift nach meinen Haaren. Als er aufhört mich zu küssen, nimmt er langsam seine Hand von meinen Haaren.

Dann fällt mir zum ersten Mal die Stille auf, und alles fällt auf uns herab, als wir erkennen, was wir gerade getan haben.

Wir kämpfen beide, um aufzustehen. Ich schlage mir den Hinterkopf am Klavier an, während ich versuche, mich hinzustellen. Das Klavier gibt ein lautes Klingeln von sich und der Schmerz ist höllisch.

„Bist du in Ordnung?", fragt er.

„Ja", lüge ich, weil ich überall um mich herum Sterne sehe. Wir wenden uns voneinander ab, fast als hätten wir Angst, uns anzuschauen. Wir lachen halbherzig und konzentrieren uns auf Taggs, aber er hat das Interesse verloren. Ich werfe den Lumpen, aber wirkte nicht.

Barry lacht über den lahmen Wurf und bleibt dann stehen. Ich schließe meine Augen, weil ich weiß, was er sagen wird: Nun, ich muss gehen, es wird etwas spät, oder so ähnlich. In diesem Moment hören wir, wie das Auto meiner Mutter vorfährt. Barry und ich sehen uns an und schnappen panisch nach Luft. Er packt seine Bücher und hört Mamas Gruß, bleibt aber nicht stehen, als er förmlich hinaus fliegt. Mama kommt herein und bemerkt sofort die Sofakissen auf dem Boden. Sie liest mir die Leviten, wie wenig ich ihre harte Arbeit und ihre wenigen schönen Dinge schätze. Ich hebe die Kissen auf und schenke ihr dabei nicht wirklich viel Aufmerksamkeit. Ich fühle mich als ob ich Fieber hätte. Meine Ohren klingeln, als hätte ich Hörprobleme. Ich bin benommen von dem, was gerade mit Barry unter dem Klavier passiert ist.

Sie winkt mir zu, dass es noch mehr Taschen zu holen gibt. Ich trage sie rein, ohne es zu merken. Ich bin wie ein Zombie. Irgendwann merke ich, dass es Nacht ist, aber das ist auch schon alles.

Den Rest des Abends verbringe ich praktisch regungslos auf meinem Bett. Ich stelle mir Barrys Gesicht vor. Da ich ihm in unserem Wohnzimmer so nahe war, erinnere ich mich, dass Barry tatsächlich ganz leichte Sommersprossen hat. Ich habe sie von Weitem nie bemerkt. Diese kleine Unvollkommenheit lässt ihn noch begehrenswerter erscheinen. Dann gestehe ich mir ein, dass ich in Barry Stillwater verliebt bin.

Ich kann mich nicht erinnern, wann ich eingeschlafen bin. Ich habe den erstaunlichsten Traum.

In meinem Traum gibt es Tausende von Regenwürmern. Es fühlt sich an wie Frühling. Der schwarze Asphalt auf der Straße glänzt vor Nässe und Sonnenlicht. Alles ist so grün. Ich frage einen der Regenwürmer etwas, aber ich kann mich nicht erinnern, was ich frage. Der Wurm antwortet: „Ich lasse mich lieber essen als das hier." Es gibt einen Straßenabschnitt, auf dem Autos vorbeifahren, da gibt es weniger Würmer. Sie sind von den Autos überfahren worden. Ich versuche, auf der Straße zu gehen. Ich kann mich nur an den Regen erinnern. Die schönen ruhigen Tropfen, die ringsum fallen, faszinieren mich. Plötzlich fällt mir auf, dass ich mein Auto irgendwo in der Nähe geparkt habe, aber jetzt kann ich es nicht finden.

Der Traum bewegt mich weiter. In meiner Nähe steht jemand. Ich denke, es ist Barry, aber dieser Typ hat schwarze Haare. Wir sind zusammen und ich habe einige Papiere in einer Blechpfanne auf einer Wasserfläche (vielleicht ein See?) voller Boote in Brand gesteckt. Ich kann mich nicht erinnern, ob es Spielzeugboote oder echte Boote waren. Der Typ hat ein dickes Mädchen als Freundin. Wir sind bei einem Tanz. Ich sitze neben ihm. Sie sitzt auf seinem Schoß. Ein richtig gutaussehender Mann fordert sie auf. Sie sagt nein, aber ich ermutige sie oder dränge sie vielmehr, mit ihm zu tanzen. Widerwillig geht sie weg. Ich bin froh, mit ihm allein zu sein. Er sagt mir, dass wir offener sein können, oder dass er nach dem Tanz mal vorbeischauen wird.

Es ist ein Freitag und ich frage mich, ob ich mich jemals von einem anderen angezogen fühlen werde, aber dann erinnere ich mich an die alte Lektion: Halte an dem fest, was du hast, du weißt nie, dass wie gut es ist, bis du es verlierst.

Der Traum geht weiter. Ich kuschle mich an seinen blauen Rollkragenpullover aus Baumwolle, während er eine Zigarette raucht. Ich ziehe einen Plastikstuhl näher, aber er ist zu niedrig, wenn ich ihn neben seinen stelle. Ihm ist es egal, aber mir nicht. Ich gehe und hole einen anderen Stuhl. Als ich zu der Stelle zurückkehre, an der wir saßen, ist er weg. Da ist nur sein leerer Stuhl. Ich stelle meinen Stuhl daneben. Aus irgendeinem Grund sage ich mir, dass er nach seinem kleinen Bruder sucht. Also sitze ich da und warte. Die Party hat sich aufgelöst; die Stühle werden im anderen Raum geputzt. Ich denke, dass ein Kind mir einen Stuhl bringt, aber es geht an mir vorbei. Der Stuhl ist für einen anderen Raum gedacht. Also gebe ich mir einen Ruck und setze mich auf den Stuhl meiner verlorenen Liebe. Ich fühle mich ganz alleine. Und dann wache ich auf.

Ich schaue auf meine Uhr; es ist halb vier morgens. Meine Lichter sind immer noch an. Ich trage immer noch meine Kleider. Sie sind schweißnass. Ich fühle Panik aufkommen: über mich, über das, was ich fühle und über meinen Traum.

Was habe ich Barry angetan? Bin ich schwul? Ich weiß es
nicht. Ich kann absolut nicht wieder einschlafen; ich sitze
nur da mit meinem Discman und meinen Kopfhörern. Ich
mache das Licht aus und höre Lenny Kravitz. Ich kann
nicht erklären, was ich denke, weil ich mich selbst nicht
kenne. Mein tragbarer CD-Player ist irgendwie nervig,
denn sobald die CD fertig ist, dreht sie sich ohne Ton
weiter. Ich weiß nicht, wie lange ich so bleibe. Ich schlafe
ein, und es kann nicht lang gedauert haben, als plötzlich
mein Wecker klingelt. Ich gehe verschlafen nach unten und
sehe, dass da noch ein Teller mit meinem Essen von gestern
Abend steht. Verlegen stellte ich das Essen in den
Kühlschrank und räume den Teller und das Besteck weg.
Meine Mutter schläft immer, wenn ich zur Schule gehe. An
der Bushaltestelle ist von Barry nichts zu sehen. Barry ist
auch nicht im Klassenzimmer. Er taucht erst zur dritten
Stunde auf. Wir sehen uns kurz an, sagen aber nicht
„Hallo", oder so. Sein Grinsen ist seine Begrüßung. Wir
meiden uns für den Rest des Tages. Mit jeder Minute
versinkt mein Herz etwas weiter in Verzweiflung. Ich will,
dass dieser Tag endet, damit ich wieder ins Bett gehen
kann. Aber ich kann nicht, denn heute Abend habe ich ein
Spiel, und ich muss meinen Vater treffen.

KAPITEL 3 - BASKETBALL

Ich ziehe mich schnell um und will mich gerade den anderen für die Besprechung vor dem heutigen Spiel anschließen, als Coach Murray mich in sein Büro ruft.
„Mach die Tür zu, mein Sohn. Ich muss einen Moment mit dir reden."
Ich musste mir ein Grinsen verkneifen, als Coach Murray mich Sohn nannte.
„Mark. Ein Team ist ein Team, in dem jeder Spieler sein Bestes gibt und das Beste für das Team tut."
Hier kommt eine Predigt. Ich frage mich, worauf er hinaus will, weil ich meine Leistung erheblich verbessert habe und auf dem Platz nicht faul bin, soviel ist sicher. John Irving, unser Starspieler, ist während der Aufwärmübungen normalerweise nicht aktiv genug, aber Coach drängt ihn nicht, weil er 6 Fuß 4 Zoll groß ist und wahrscheinlich denkt, dass er seine Energie für das Spiel sparen muss.
„Sohn, ich kann dir versichern, dass du für die zweite Aufstellung drin bist, wenn jemand fehlt oder krankist."
„Wow, was soll das? Ich bin gefeuert?" Ich halte inne. Coach Murray rutscht auf seinem Stuhl vor, als ob ihm mein Tonfall unangenehm wäre.
„Nein, nicht gefeuert, Mark, ich musste nur ein paar Leute mischen, um diesen Neuen, Barry, zu integrieren. Er war der Star an der Markham District High. Du wirst dann spielen, wenn jemand fehlt, aber da es sich um ein zweistufiges Team handelt, wird es eben nicht so oft sein."
Wut übermannt mich. In meinen Augen ist das alles Barrys Schuld. Es fühlt sich an, als hätte mich jemand in den Bauch geschlagen. Coach sagt weiter etwas über Teamgeist und Verständnis, aber mir ist einfach nur übel. Also sitze ich während des gesamten Spiels auf der Bank. Ich habe nicht

die Nerven, mich meinem Vater zu stellen, der sich sicher fragt, was los ist.

Seit der Scheidung sehe ich meinen Vater jedes zweite Wochenende, aber er hat den Ehrgeiz, zu all meinen Heimspielen zu kommen. Jede Bezirks-High School hat zwei Teams. Die zweite Aufstellung spielt zuerst auf dem Platz. Sie dient als eine Art Anheizer, bevor die echten Spiele beginnen. Es ist demütigend, weil unsere Punkte nie zählen. Auf einer Bank zu sitzen bedeutet, dass ich nicht einmal Trikot tragen darf.

Papas Verwirrung zeigt sich in seinem Gesicht, als ich in normaler Kleidung zu ihm gehe. Ich erkläre ihm, was passiert ist und möchte fast weinen. Papa zuckt mit den Schultern und fragt, ob mir diese Entscheidung recht ist. Ich lüge und sage, ja.

Warum fragt er das? Plötzliche Panik überkommt mich bei dem Gedanken, dass mein Vater seine Unzufriedenheit dem Coach gegenüber ansprechen könnte. Die Leute gehen an uns vorbei, um ihre Plätze für das Spiel einzunehmen. Er bemerkt mein Unbehagen bei diesem Thema und bietet an, mich auf einen Happen mitzunehmen. Ich sage ja.

Als wir gehen, sehe ich Barry auf uns zukommen. Es sieht so aus, als wollte er mit mir reden. In diesem Moment legt mein Vater seinen Arm auf meine Schulter. Es ist so seltsam, dass ich mich umdrehe, um zu sehen, was meine Schulter berührt. Wenn ich aufschaue, ist Barry weg. Es sind zu viele Leute da und ich bin mir nicht sicher, wohin er gegangen ist.

Mein Vater zieht mich zu sich und sagt: „Mach dir keine Sorgen, du bist ein großartiger Spieler." Es fühlt sich gut an zu wissen, dass mein Vater sich mehr darüber sorgt, wie ich mich fühle, als enttäuscht zu sein. Mein Vater hatte immer ein schlechtes Gewissen wegen der Scheidung und versucht, seine Handlungen über zu kompensieren. Ich weiß nicht genau, wie es dazu kam, dass sich meine Eltern getrennt haben, aber ich erinnere mich an das Geschrei. Ich muss die Details ausgeschaltet haben.

Dieser Abend wird zu einer echten Bindungserfahrung, denn es ist das erste Mal, dass mein Vater mir von sich erzählt, und das ist sehr aufschlussreich. Er erzählt mir, dass sein Captain ihn und seine Kameraden weckte, als er in der Armee war, und ihre Schließfächer unangekündigt durchsucht wurden. Papa, der kein Morgenmensch war, beschwerte sich, und das war in dieser Zeit sehr unüblich. Er erzählt mir, dass das Spuren in seinen Unterlagen hinterlassen hat, die er während seines gesamten Dienstes mitgeschleppt hat, und ihm damit jegliche Beförderung oder Aufstieg verwehrt war. Während ich zuhöre, vergesse ich meine eigenen Probleme und mir wird klar, wie viel mein Vater geopfert hat, um während meiner Spiele bei mir zu sein. Er hatte vor langer Zeit mit seiner neuen Frau eine zweite Familie gegründet und die Spiele sind die einzigen Male, wo wir alleine zusammen sind. Er scheint kein Fremder zu sein, sondern ein Freund.

Mein Vater sieht aus wie ein typischer Vater. Er wird kahl, hat etwas mehr Gewicht als akzeptabel, aber ein fröhliches Gesicht. Wir essen bei Kelsey's, einer bekannten Restaurantkette in der Stadt. Papa hat mich und meine Mutter zu meinem Geburtstag hierher eingeladen. Ich bin aus diesem Ort herausgewachsen, aber es ist der Gedanke, der zählt.

Während des Abendessens gehen Papa und ich alles durch, was ich als Kind gemacht habe, und denken über unsere Familienausflüge nach. Das sind die glücklicheren Momente, die er schätzt, denke ich. Ich fühle mich nostalgisch. Es macht Spaß. Wir reden richtig. Als Papa mich nach Hause bringt, bin ich wirklich müde. Ich hatte in der Nacht zuvor so wenig Schlaf. Das Haus ist dunkel. Es ist

Freitag, also ist Mama wohl draußen und macht
Hausbesichtigungen. Ich mache mir nicht die Mühe, auch
nur ein einziges Licht einzuschalten. Ich klettere nach oben
und krieche ins Bett. In diesem Moment kann ich nur an
Barry denken. Er wusste wahrscheinlich die ganze Zeit,
dass mir das passieren würde. Ich hasse ihn.
Am nächsten Tag wartet Barry mit Monica und einigen
anderen an der Bushaltestelle. „Hey", ruft er. Barry lächelt.
Ich starre ihn nur an und sage, dass ich aus der 2.
Aufstellung geworfen wurde. Ich frage ihn, ob er etwas
darüber wusste. Als er den Ernst in meinem Gesicht
bemerkt, verwandelt sich sein Lächeln in einen strengen
Ausdruck.
„Irgendwie schon", antwortet er.
„Irgendwie schon?" Ich schreie, während ich ihm so fest ich
kann gegen die Brust drücke. Er verliert fast das
Gleichgewicht. Er sieht mich an, als wäre ich verrückt.
„Es ist wegen dir“, schreie ich und greife nach seinen
Schultern.
Ich merke, dass ich rot bin und glühe vor Wut. Er sieht sich
nervös um, denn inzwischen drängen sich alle um uns.
„Nimm deine Hände von mir”, schreit er, während er mich
zurückstößt. „Du bist einfach nicht so gut wie die anderen.“
Ich fühle, wie mein Blut kocht und kann kaum was sehen.
Ich stürze mich auf ihn und schnappe ihn mir.
„Du Lügner“, schreie ich.
„Nimm deine verdammten Hände von mir“, schreit er. „Ich
will nicht berührt werden.“ Er stößt mich weg und wir
starren uns schwer atmend an.
„Seit wann denn das?", frage ich rundheraus.
Ohne Vorwarnung schlägt Barry mich so hart, dass ich zu
Boden falle. Er stürzt sich auf mich und malträtiert mich
mit den Fäusten. „Du Schwuchtel!", schreit er.

Ich kann ihn wegschieben, aber nicht bevor er ein paar gute
Schläge abbekommt. Ich kämpfe darum, mein
Gleichgewicht zu halten und schaffe es schließlich, ein paar
gute Treffer zu landen, aber ich weiß nicht, wo sie landen.
Leider scheint Barry ein erfahrener Kämpfer zu sein. Ich
war noch nie in einen ernsthaften Kampf verwickelt. In
diesem Moment fährt der Bus vor und die Fahrerin springt
raus, um uns zu trennen. Dann merke ich, dass meine Nase
ziemlich heftig blutet.

„Macht Schluss", ruft die Fahrerin. Unsere Fahrerin heißt
Myrna, und sie ist eine harte Frau. Sie wirft Barry praktisch
in den Bus, und die anderen steigen jetzt ein. Die Fahrerin
sieht mich an und greift nach dem Erste-Hilfe-Kasten. Ich
habe das Gefühl, dass ich weinen werde und will nicht,
dass das jemand sieht, also rufe ich: „Ist schon gut", und
renne so schnell wie möglich nach Hause.

Ich gehe durch die Hintereingang, weil ich nicht möchte,
dass sie mich an der Tür herumfummeln sehen, aber ich
habe keinen Schlüssel für die Hintertür. Mein Kopf pocht
vor Schmerzen. Überall ist Blut. Die Fahrerin steigt
schließlich wieder in den Bus und startet den Motor. Ich
sehe Barrys Gesicht im Fenster, wie er nach mir Ausschau
hält.

„Fick dich; fickt euch alle,,, schreie ich. Dann fange ich an
zu weinen. Der Bus ist weit weg, als ich zurück zur Haustür
humple und reingehe. Meine Mutter ist bei eingeschaltetem
Radio in der Küche.

„Schatz!" Sie schnappt entsetzt nach Luft. „Wer hat das
getan?"

„Es ist nichts", sage ich, als ich versuche, an ihr vorbei zu
kommen und die Treppe zum Badezimmer hinaufzugehen.
Sie folgt mir. „Wer hat das gemacht?"

Als ich nicht antworte, sagt sie, dass sie in der Schule
anrufen wird.

„Nein! Nicht!" Ich schreie vor Wut.

„Schatz, ich muss anrufen!" Sie schreit von unten, während sie in ihrem Telefonbuch blättert. Ich weiß bereits, dass sie eine Zigarette im Mund hat. Ich hasse es, wenn sie mich Schatz nennt. Ich fühle mich dann wie ein Kind.

Manchmal fühle ich mich so hilflos, dass ich nicht weiß, was ich tun soll. Sie ist fest entschlossen, in der Schule anzurufen.

Ich sitze am Rand der Badewanne und fange an zu weinen. „Mama!"

Sie kommt herein und nimmt mich in die Arme. Mein Blut macht Flecken auf ihr Kleid, aber keiner von uns kümmert sich darum. Sie rut nicht an.

Wieder alleine im Badezimmer, sehe ich mir den Schaden genau an. Meine Nase ist ganz rot, aber die Blutung hat aufgehört. Ich wasche das verkrustete Blut aus meinem Gesicht. Ich stelle fest, dass meine linke Seite geschwollen ist und schöne Blutergüsse verursachen wird.

Mama fährt mich später in die Schule. Wir reden kein Wort.

Es ist die vierte Stunde, eine der wenigen Klassen, die ich nicht mit Barry teile. Ich konzentriere mich überhaupt nicht. Zu diesem Zeitpunkt hat die ganze Schule von dem Kampf gehört. Ich habe eine ganz neue Popularität.

Ich frage mich, warum ich seine Aufmerksamkeit so sehr gewollt hatte. Könnte es sein, dass meine Gefühle unnatürlich sind? Seine Stimme klingelt in meinem Kopf. SCHWUCHTEL! Ich erinnere mich, ihn geküsst zu haben, aber hat er mich nicht zurück geküsst? Dann merke ich, dass ich in den letzten zwei Wochen nur an ihn gedacht habe. Jetzt weiß ich, dass unsere Freundschaft zu Ende ist. Ich habe mich in meinem Leben noch nie so allein gefühlt.

Während des Vormittags schaffe ich es, Barry die meiste Zeit zu ignorieren, aber bis zum Mittagessen hat sich in der

ganzen Schule die Nachricht von dem Kampf verbreitet.
Todd Polino ist der erste, der sich mir nähert.
„Hey, Schläger!" Er murmelt: „Ich habe gehört, dass du
dich mit Barry Stillwater gestritten hast. Ist das wahr?"
Ich möchte wirklich nicht darüber sprechen, also gehe ich
schneller, aber dann schließt sich uns Mark Macelli an.
„Gut gemacht, Mark. Wird es eine Revanche geben?" Sie
kichern.
Ich lache mit ihnen, nur um den Eindruck zu erwecken,
dass es für mich in Ordnung ist. Dann läutet die Glocke
und sie rennen in ihre Klassen, bevor ich etwas sagen kann.
Der Rest des Schultages ist ein einziges Elend. Es regnet, als
die Schule endet. Ich weiß, dass Barry normalerweise nach
der Schule bei Monica Llewellyn lernt. Sie sind Nachbarn.
Sie ist wunderschön und aufgrund ihrer Freundschaft mit
Barry bei den Schul-Cliquen noch beliebter.
Für den Rest der Woche sprechen Barry und ich nicht viel.
Er geht mit Mark Macelli und der ersten Aufstellung durch
die Gegend. Tatsächlich ist klar, dass wir überhaupt nicht
versuchen, uns zu sehen.
Meine blauen Flecken sind sehr offensichtlich und ich fühle
mich die ganze Woche so hässlich. Barry sieht mich nicht
einmal an. Barry isst woanders in der Cafeteria mit der
ersten Aufstellung der Basketbalmannschaft. Ihre Clique
wächst, weil sich ihnen Monicas Leute angeschlossen hat.
Es scheint, als wären sie eine große, glückliche Familie.
Es gibt jedoch Momente, in denen ich zu Barry
hinüberblicke. Er schaut nicht zurück, aber er scheint unter
all diesen Menschen einsam zu sein.
Während der morgendlichen Durchsagen wird jeden Tag
über das bevorstehende Basketballspiel am Freitag
gesprochen. Ich erschrecke bei der Erwähnung von allem,
was mit Basketball zu tun hat. Manchmal ist der Gedanke,

nicht im Team zu spielen, so unerträglich, dass ich weinen möchte, aber ich traue mich nicht in der Öffentlichkeit. Barry sitzt nicht in meiner Nähe im Bus und steigt an seiner regulären Haltestelle aus. Ich gehe am Freitag nicht zum Spiel. Ich hinterlasse Papa eine Nachricht, dass er nicht kommen soll.

Am nächsten Tag wache ich auf und fühle mich sehr benommen. Gott sei Dank ist Samstag. Ich schaue auf meine Uhr. Mittag! Ich gehe die Treppe runter in die Küche.

Mama ist in Bademantel und Hausschuhen und putzt unter dem Waschbecken. Das ist nicht normal, da sie sonst am Wochenende Besichtigungen hat. „Morgen, Schlafmütze", zwitschert Mama mit heller und fröhlicher Stimme.

Ich höre diese Stimme fast nie. Es ist die Verkaufsstimme, die sie für Kunden reserviert.

„Hör zu, ich habe um zwei einen Arzttermin, aber ich dachte, wir gehen ins Einkaufszentrum und holen dir neue Klamotten. Du siehst zur Zeit ein bisschen schäbig aus."

„Autsch", antworte ich. Wir beide lachen. Ich bin froh, ein paar Klamotten zu bekommen. In dem Moment wird mir klar, dass ich ein paar Vans-Turnschuhe besorgen sollte. Ich weiß, dass Mama die 175 Dollar für ein Paar Turnschuhe nicht bezahlen will, aber irgendwie muss ich sie überzeugen.

Die Oakville Mall ist das nächstgelegene Einkaufszentrum, aber unsere Arztpraxis ist hinter Fairview. Der Besuch beim Arzt ist sehr kurz. Ich hätte im Auto warten können. Ich denke nie wirklich daran, sie zu fragen, warum sie zum Arzt gehen muss, aber andererseits haben wir auch keine so enge Beziehung.

Es ist richtig voll im Einkaufszentrum. Mama macht ständig Pause, um sich alles anzusehen, was mich nervt. Inzwischen haben wir fast jeden Laden besucht, außer den, zu dem ich

möchte. Das ist schlecht, weil ich nicht will, dass meine
Mutter ihr ganzes Geld ausgibt, bevor ich das kriege, wofür
ich hierher gekommen bin. Als wir mit Vans-Turnschuhen
im Schuhgeschäft ankommen, ziehe ich ein schmollendes
Gesicht, um ihre Aufmerksamkeit zu erregen.
Sie sieht mich an und fragt: „Schatz, siehst du etwas, das du
magst?"
Ich bringe sie in die Vans-Abteilung. Die Verkäuferin
kommt auf uns zu. Sie ist richtig klein und trägt schwarzen
Lippenstift, der sie wie „Wednesday" aus der „Adams
Family" aussehen lässt. Im Gegensatz zu ihrem Aussehen ist
sie etwas zu fröhlich für meinen Geschmack.
Alle Sneaker-Modelle stehen auf einem Gestell, das eine
ganze Wand einnimmt. Die Etiketten darunter zeigen
deutlich die Marke und den Preis.
„Auf der Suche nach Airwalks?" fragt die Verkäuferin.
„Nein, vielleicht so etwas wie ein Laufschuh", antwortet
Mama, was ihre Art zu sagen ist, dass diese Sneaker zu
teuer sind. Ich sehe mir die Airwalks an und sie sind teuer,
aber nicht so teuer wie Vans.
Als sie sich umdreht, um von den Vans wegzugehen, werfe
ich ein: „Mama, ich möchte diese Vans-Turnschuhe aus
schwarzem Wildleder."
Mama sieht mich an, als hätte ich gerade jemanden
erschossen und guckt zu dem Modell, das ich in der Hand
habe. Als Mama das 175-Dollar-Etikett im Regal neben
sich sieht, wird ihr Gesichtsausdruck sehr ernst. Sie nimmt
den Muster-Sneaker aus meiner Hand und schaut ihn sich
genauer an. Man kann direkt sagen, dass sie denkt, dass sie
es nicht wert sind. Bevor ich ihr die Möglichkeit gebe, einen
Kommentar abzugeben, frage ich nach Größe 11 in
Schwarz.
Die Verkäuferin verschwindet und lässt eine sehr verärgerte
Mutter zurück. Mama stellt ihre Einkaufstaschen mit allen

gekauften Sachen ab und wartet darauf, dass die
Verkäuferin zurückkommt. Nicht einmal ein Kampf oder
Kommentar, was gar nicht zu meiner Mutter passt.
Schuldgefühle übermannen mich, als mir klar wird, dass ich
damit durchkommen werde.
Ich glaube, Mama hat diese beiden Häuser verkauft und
meint, es wäre in Ordnung, mich zu verwöhnen. Zumindest
hoffe ich, dass sie das denkt. Die Verkäuferin kommt zurück
und lässt drei Kisten mit Turnschuhen vor uns fallen; dann
eilt sie davon, um sich um andere Kunden zu kümmern.
„Zu meiner Zeit haben sie die Schuhe an deine Füße
gehalten und dafür gesorgt, dass die Größe stimmt",
meckert Mama.
„Es ist Wochenende und sie haben zu tun", sage ich. Ich
öffne die erste Schachtel. Die Schuhe sind beige und nicht
im Stil, den ich will. Ich warte nicht einmal. Ich schließe sie
und öffne die zweite Schachtel und sehe weiße Sneaker,
aber nicht die, nach denen ich gefragt habe. Ich fange an
verzweifelt zu denken, dass sie nichts in meinem Stil haben,
aber ich bin beruhigt, als die letzte Schachtel, die ich öffne,
die schwarzen Wildledersneaker enthält. Ich ziehe probiere
sie; sie fühlen sich großartig an.
„Bist du sicher, dass du diese willst?", fragt Mama.
„Ja", erwidere ich, „jeder in der Schule hat sie."
Die Verkäuferin kommt und gibt meine Turnschuhe in
einer Tasche von der Größe eines Luftschiffes ab.
Als wir den Parkplatz vor dem Einkaufszentrum betreten,
zündet sich Mama eine Zigarette an. Mama ist während
der Heimfahrt ruhig, und das deprimiert mich ein wenig.
Ich hoffe, sie hat nicht das Gefühl, dass sie zu viel
ausgegeben hat. Ich schalte das Radio ein. „Crowded
House" läuft.
Als wir zu Hause ankommen, renne ich nach oben, um
einige meiner neuen Klamotten wegzulegen und meine

wunderschönen neuen Turnschuhe anzustarren. Ich nehme sie heraus und rieche an ihnen. Sie haben nicht den Wildledergeruch, an den ich mich erinnere, als ich Kind war und Papa diese Wildlederjacke hatte. Ich tanze mit ihnen in meinem Zimmer herum. Sie fühlen sich fantastisch an meinen Füßen an und ich schwebe in der Luft, als ich nach unten gehe, um einen Happen zu essen.

KAPITEL 4- BARRYS HAUS

Mama hat sich komplett umgezogen und trägt ihr Kleider für die Hausbesichtigungen. Sie sitzt auf einem der Hocker neben der Theke und telefoniert. Sie erinnert mich zwischen den Telefonanrufen daran, dass ich heute die Männerhöhle sauber mache. Sie sagt auch, dass sie möchte, dass ich den Rest des Tages produktiv bin und nicht nur vor dem Fernseher sitze. Ich höre ihr nur halb zu, während ich eine Schüssel Müsli fülle.

Ich sitze da und höre zu, wie sie mit ihren potenziellen Kunden spricht. Sie ist damit beschäftigt, Leute für einen Tag der offenen Tür in der Langley Avenue in Scarborough zu bestätigen. Ich denke, sie macht das eher, um Laufkundschaft anzuziehen, als das Grundstück tatsächlich zu verkaufen. Sie benutzt diese richtig falsche Immobilienmaklerstimme, die mich so nervt.

Mama hat immer diese verstaubten Anzüge an. Sie sind aus Tweed, wie man es vielleicht zu Ende der 70er bis Anfang der 80er Jahre passen würde. Ich fühle mich schuldig, weil ich weiß, dass wir seit der Scheidung Probleme haben und sie viele Opfer bringt, damit ich schöne Sachen haben kann.

Mama ist Kettenraucherin. Sie hat immer eine Zigarette in der Hand. Sie tut mir leid, obwohl wir nie darüber sprechen. Die Scheidung hat sie in gewisser Weise ruiniert. Ich sehe sie nie mit jemandem ausgehen und sie arbeitet immer.

Während ich tief in Gedanken bin, merke ich nicht, dass sie mit mir spricht.

„Mark, machst du das, ja?" Mama schreit.

„Was", erwidere ich ebenso feindselig, „die Männerhöhle?"

„Nein, könntest du dieses Paket Frau Stillwater geben?"
Ich erstarre schweigend. Weiß sie eigentlich, was sie von mir
verlangt? Ich fühle mich gefangen. Ich habe keine Ahnung,
was ich sagen soll. Widerwillig, als wäre ich im Kampf
besiegt, sage ich: „In Ordnung." Ich schließe die Augen und
wünschte, ich wäre aufmerksamer geblieben und hätte mir
ein gutes Argument ausdenken können. Etwas wie: „Das ist
um die Ecke, kannst du das nicht einfach selbst abgeben?"
Ich beobachte sie, wie sie ihren letzten Anruf beendet, die
Handtasche greift und ihre Zigarette im Aschenbecher auf
dem Tisch ausdrückt. Dann nimmt sie ihren Mantel von
der Couch, zieht ihn an und schaut sich im Spiegel im
Foyer an. Sie scheint mit ihrem Spiegelbild unzufrieden zu
sein. Sie fährt sich mit den Händen durch die Haare, und
als sie sich davon überzeugt hat, dass es jetzt besser ist, geht
sie zur Tür hinaus. Ich höre ihre Schritte und wie sie die
Autotür öffnet und schließt.
Taggs kommt in die Küche und legt seine Pfoten auf
meinen Schoß. Dann herrscht Stille.
Sie sucht wahrscheinlich nach einer Zigarette in ihrer
Tasche. Nach ungefähr einer Minute höre ich, wie sie das
Auto startet, den Gang einlegt und die Straße
hinunterfährt. Sie ist weg und das ganze Haus ist wieder
still.
Ich schaue auf Taggs und weiß, was ich tun muss.
Ich schalte das Radio ein, alte 80er-Jahre-Songs werden
gespielt. Ich mag den Song, kann mich aber nicht erinnern,
von wem er ist. Ich bin in meinem Zimmer und reiße diese
nervigen Plastikschnüre ab, die die Preisschilder an der
Kleidung halten. Ich probiere ein Outfit nach dem anderen.
Ich habe keinen Ganzkörperspiegel in meinem Zimmer
und muss zum Flur rennen, um mich zu überprüfen. Nach
vier oder fünf mal Treppe rauf und runter fühle ich mich
langsam müde.

Ich entscheide mich schließlich für das grüne Pulloverhemd, das Mama und ich gerade bei „Gap" gekauft haben, und kombiniere es mit einem schmutzigen T-Shirt und Jeans. Ich erinnere mich nicht, ob Barry schwarze oder weiße Socken mit seinen Vans getragen hat, aber ich entscheide mich für meine weißen. Ich sehe mich noch einmal im Spiegel an. Ich kämme meine Haare immer wieder und entscheide mich dann, frustriert zurück ins Badezimmer zu rennen, die Haare zu befeuchten und erneut zu kämmen. Ich entscheide schließlich, dass es nichts bringt und schnappe mir meine Jacke, renne nach draußen und achte darauf, Taggs nicht rauszulassen.

Es ist kalt und schon dunkel. Es muss gegen 19 Uhr sein. Ich bin am Ende unserer Auffahrt, als ich mich erinnere, dass ich Mrs. Stillwaters Päckchen auf unserer Küchentheke liegen gelassen habe. Ich verfluche mich leise und renne zurück ins Haus. Wieder draußen, laufe ich schnell und nervös. Ich freue mich, einen Grund zu haben, zu Barry zu gehen. Ich gehe die Straße entlang, und da kommen ungefähr drei Häuser und dann ein Grundstück an der Ecke von Ashford und Hemmington, auf dem sich ein Haus befinden sollte.

Es ist richtig kalt. Ich frage mich, warum es dort oder auf dem Grundstück daneben kein Haus gibt. Die Fläche daneben gehört eindeutig zur Hemmington. Sie muss älter sein, weil da überall alte Bäume stehen. Die Häuser auf der Ashford sind deutlich älter und kleiner. Unser Haus ist, wie alle anderen auf der Ashford, in düsteren Farben gestrichen, während die Häuser auf Hemmington sehr großzügig sind, mit langen Zufahrten, schönen Anlagen, Laternenpfählen und gebeiztem Holz anstelle von Farbe. Ich bin mir nicht ganz sicher, welches Haus das der Stillwaters ist. Ich schaue auf das Paket und hebe es näher ran, um die Adresse zu lesen, die Mama geschrieben hat.

Ich bemerke, dass meine Hand vor Aufregung zittert. Ich fühle mich richtig erhitzt und mein Herz pocht.

Hemmington Drive 83. Ich schaue auf und muss praktisch jeden Rasen betreten, um die Hausnummer zu lesen. Als ich an dem mit 76 gekennzeichneten Haus vorbeigehe, bin ich sicher, dass das Haus vor mir das von Barry ist. Es passt zu diesem allzu perfekten Familienbild, wie es da auf einem kleinen Hügel sitzt.

Die Auffahrt fällt nach rechts ab, sodass die Garage nicht zur Straße, sondern zur Seite zeigt. In der Einfahrt steht ein glänzender Jaguar. Es ist zu dunkel, um zu erkennen, welche Farbe. Ich weiß, dass es ein Jaguar ist, weil die springende, große Katzenfigur auf der Motorhaube gut sichtbar ist. Das Haus ist dunkel, aber die Lichter innen zeigen an, dass jemand zu Hause ist.

Ich frage mich, welches Fenster zu Barrys Zimmer gehört. Als ich mich umdrehe und die steile Auffahrt hinauf gehe, geht ein Licht über der Garage an. Es blendet mich und ich überlege, das Paket einfach in den Briefkasten am Ende der Auffahrt zu werfen. Mein Herz pocht, als würde es explodieren. Ich gehe den Weg entlang, der zu den doppelten Vordertüren mit Buntglas führt. Das sieht wirklich toll aus. Das Gelände wurde offensichtlich professionell gestaltet. Das Buntglas wirkt wie ein perfektes Detail, etwas, das in dieser alten Show mit Robin Leach, „Lifestyles of the Rich and Famous", auftauchen würde.

Ich klingele an der Tür und höre den Ton im ganzen Haus widerhallen. Ich höre eine Minute lang nichts außer meinem Herzklopfen und meinem schweren Atem. Dann sehe ich eine kleine Silhouette durch das Buntglas, die sich der Tür nähert. Ein Licht auf der Veranda geht an, genauso hell wie bei der Garage, das mich vorhin geblendet hat. Die Tür öffnet sich und ich spüre, wie die Hitze des Hauses entweicht.

Ein hübsches junges Mädchen schaut aus der großen Tür, sagt aber nichts. Sie muss sieben oder acht sein. Sie sieht nicht wirklich aus wie Barry, aber ich kann sehen, dass sie die gleichen Augen haben.

„Hallo, ich bin Mark Thomas." Meine Stimme bricht, als ich Thomas sage. Ich möchte nur unter einen Felsen kriechen und sterben. Warum habe ich meinen Nachnamen gesagt? Die Tür schließt sich, öffnet sich dann aber einen Spalt breit.

„Mama!", höre ich sie schreien, als sie in einen langen Flur rennt, der zurKüche zu führen scheint. Ich habe keine Chance, ihr zu sagen, dass ich ein Paket habe. Ich nutze die Gelegenheit und schlüpfe ins Haus. Das ist so gar nicht meine Art, aber ich denke, das ist meine einzige Chance, einen Blick in die Welt von Barry Stillwater zu werfen.

Ich warte dort leise im dunklen Eingangbereich, aber niemand kommt. Ich sehe nichts außer einer Treppe, die zu nach rechts führt. Ich sehe ein wenig Licht von der Treppe, höre aber keine Geräusche. Zu meiner Linken ist das Wohnzimmer. Es ist dunkel, aber ich kann Möbel im Licht der kleinen Straßenlaterne erkennen, die den Raum beleuchtet. Ich höre eine Dunstabzugshaube über dem Herd direkt vor mir. Ich werde nervös und gehe auf das Licht zu. Ich ziehe nicht einmal meine neuen Vans aus. Als ich eintrete, weiß ich, dass es die Küche ist. Der große Küchentisch ist aus Eiche, mit acht Stühlen mit hoher Rückenlehne, die rechts von mir stehen. Sechs Plätze wurden gedeckt. Zu meiner Verlegenheit sehe ich, dass sie noch nichts gegessen haben. Die normale Kücheneinrichtung und Geräte sind auf der linken Seite des Raums.

Das Seltsame an der Aufteilung ist, dass hinter dem Küchentisch ein Kamin ist. Er ist hüfthoch und offensichtlich gasbetrieben, aber auf der anderen Seite befindet sich noch ein Raum. Stufen, vielleicht vier oder fünf, führen zu einem Raum an der Rückwand. Durch den Gaskamin kann ich Teppiche sehen; das kleine Mädchen, das mich hereingelassen hat, liegt vor dem Fernseher. Ich höre schwach eine alte „Star Trek: The Next Generation"-Episode.

Töpfe mit Essen stehen auf dem Herd. Ich habe das Gefühl, dass ich in einem Crisco-Werbespot gelandet bin, weil ich leckeres Brathähnchen rieche und die Küche so sauber und neu aussieht. Ich höre Schritte hinter mir und schwinge mich gerade noch rechtzeitig herum, um zu sehen, wie eine Frau die Küche betritt. Ich erschrecke so sehr, dass ich das Paket auf den Boden fallen lasse. Es ist klar, dass sie nicht gehört hat, wie das junge Mädchen sie gerufen hat, weil sie sich darüber ärgert, dass ich hier bin. Das ist sicher Barrys Mutter, denn sie hat die gleichen durchdringenden Augen wie Barry.

Noch interessanter ist, dass sie atemberaubend schön ist. Ihr Haar glänzt schwarz wie das des jungen Mädchens. Es ist lang, aber hinter die Ohren gesteckt. Sie trägt baumelnde silberne Ohrringe. Sie ist schlank, aber nicht zu dünn. Sie trägt ein puderblaues Kleid und dunkelblaue High Heels. Ich könnte sie für eine Königin halten. Ich denke, sie sieht reich aus, aber ich bin sicher, sie ist die schönste Mutter, die ich je gesehen habe, wenn sie Barrys Mutter ist.

Um weitere Verlegenheit zu ersparen oder meinen Blick zu brechen, stelle ich mich als Mark Thomas vor, der Sohn von Leila Thomas, der Maklerin. Das ändert nichts an ihrer Stimmung. Ich übergebe das Paket und murmle etwas über meine Mutter, die mich bittet, es ihr zu geben. Sie murmelt ein höfliches „Hallo", nimmt das Paket und legt es auf die Theke, bevor sie nach dem Essen auf dem Herd schaut.

In diesem Moment höre ich ein Rumpeln von der Treppe; das ganze Haus wird lebendig, und zwei Jungs, einer Barry und einer größer, rennen in die Küche. Barry passt nicht auf, weil er gerade ein Hemd über den Kopf zieht. Ich erfasse gerade genug von seinem Oberkörper, um diese feine Linie von Bauchhaaren zu sehen.

Als er mich sieht, bleibt er ruckartig stehen und sein Mund klappt auf. Der größere Junge setzt sich sofort in die äußerste Ecke am Küchentisch. Barry schaut nervös zu seinem Bruder und dann zurück zu mir. Ich hoffe, dass ich in eine alte Episode von „Star Trek" gebeamt zu werden, aber ich weiß, dass das nicht passieren wird. Da ich keine Ahnung habe, was ich tun soll, rufe ich mit der oberflächlichsten Stimme, die ich aufbringen kann, „Hey Barry".

Mein Lächeln ist noch schlimmer, und ich stelle mir vor, wie meine Mutter das während ihrer Hausbesichtigungen macht. Das Seltsamste ist, dass er noch stärker lächelt und zurückgrüßt.

In diesem Moment berührt Barrys Mutter meine Schulter mit einem Ofenhandschuh, um an mir vorbei zu kommen und etwas auf den Tisch zu legen. Ich springe praktisch in Barrys Arme, um ihr aus dem Weg zu gehen. Der Bruder lacht, als wäre das urkomisch. Ich ziehe mich von Barry zurück. Ich weiß, dass mein Gesicht rot genug ist, um Autos auf der Straße anzuhalten.

Barry ist sauer und nimmt ein paar Papiere von der Theke und schmeißt sie auf ihn.

„Halt die Klappe!", schreit er. Barrys Mutter wirft ihm einen strengen Blick zur Warnung zu. Während ich Barry meinen Auftrag erkläre, öffnet sich die Haustür und ein Mann nähert sich Barry. Er ist sehr groß und hat grau-blondes Haar. Er hat immer noch seine Jacke an und hält eine braune Papiertüte in den Armen. Der Mann sieht ernst aus, wird aber freundlicher, als er mich erblickt.

„Wer ist das?", fragt er. Barry schwingt sich herum und sagt, dass ich ein Freund von der Schule sei.

„Das ist der Sohn von der Maklerin", fügt die Frau hinzu. Der Mann stellt sich als Barrys Vater vor und streckt seine Hand aus. Ich schüttle sie. Meine Hand scheint im Vergleich so klein zu sein, aber seine Sanftheit beruhigt mich.

„Bleibst du zum Abendessen?" fragt er, aber er sieht nicht mich an, sondern Barrys Mutter. Ich höre einen leichten Akzent in seiner Stimme heraus, kann ihn aber nicht festnageln. Barrys Mutter scheint es egal zu sein, sie bietet mir aber einen Platz an. Ich sehe Barry an, der mich seltsam anlächelt. „Nein, ich habe schon gegessen, aber danke", antworte ich. Barrys Lächeln weicht einem Stirnrunzeln. Ich bin verwirrt von diesem Verhalten.

„Nun, vielleicht ein anderes Mal", fügt Mr. Stillwater hinzu, als er zurück inden Flur und die Treppe hinauf geht. Es gibt eine lange Pause. Ich habe das Gefühl, dass mich alle anstarren und bin nervös, also platzte ich heraus: „Ich denke, ich sollte jetzt gehen." Ich gehe zur Haustür. Barry folgt mir.

Ich öffne die Tür und bin schon draußen, als Barry ruft: „Warte!", fast, als ob er frustriert wäre.

Ich drehe mich um und er lehnt sich mit einer Hand am Rahmen an die Tür. Barry kommt nach draußen und schließt die Tür. Es ist so kalt, dass ich die Wolken seines Atems sehen kann. Es gibt eine lange Pause. Er starrt auf den Boden.

„Geht es dir gut?", fragt er und schaut nervös auf.

Ich versuche irgendwo anders hinzuschauen, nur nicht zu ihm. Ich bin verunsichert. Ich antworte nicht, schaue mich nur um und verlagere mein Gewicht von einem Fuß auf den anderen, als würde er meine Zeit unnötig in Anspruch nehmen.

„Warte hier", sagt er und läuft ins Haus. Ich höre ihn die Treppe hoch rennen. Ganz rechts im Obergeschoss geht Licht an. Frage beantwortet .... sein Zimmer.

Er kommt mit einem eingewickelten Paket in den Händen zurück. Er gibt es mir.

„Das macht wohl nicht wieder gut, was ich getan habe, aber ich wollte sagen, dass es mir leid tut." Er streckt mir das Päckchen hin. Ich nehme es nicht, sondern starre erstaunt. Mein Herz schlägt und ich verliere meine Coolness und breche in das dümmste Lächeln aus, das ich je gesehen habe.

„Na, warte nicht, bis mir der Arm bricht", sagt er.

Ich nehme es. Ich lache und fühle, wie ich rot werde.

„Danke", sage ich und halte es in meinen Händen, ohne zu wissen, was ich tun soll.

„Los, mach es auf", sagt er mit aufgeregtem Gesichtsausdruck.

Ich zögere. Ich möchte das Paket mit nach Hause nehmen und die ganze Nacht anstarren.

„Ich will es zu Hause öffnen", sage ich.

„Warum isst du nicht bei mir?" Er macht eine Pause, was mich nervt, und mein Lächeln ist verloren.

Als er das sieht, wird er nervös und sagt schnell „Okay", um mich zu beruhigen. „Warte mal." Er rennt rein.

Ich schaue durch das Buntglas. Seine Familie hat inzwischen angefangen zu essen. Ich sehe ihn hineingehen und fragen. Ich höre ein gedämpftes „Nein", aber Barry spricht lauter und geht zurück zu mir. Er greift nach seinem Mantel, der an einem Haken an der Wand im Foyer hängt. Seine Mutter starrt uns verärgert durch das Fenster an. Ich vermute, sie denkt, dass ich Ärger bedeute, oder so.

Ich denke mir, dass das eine dumme Idee ist, weil ich bereits gegessen habe und nicht gut koche. Ich weiß nicht einmal, was es im Haus zu Essen gibt.

Barry schließt die Tür hinter sich und sagt: „Lass uns gehen." Er nimmt das eingewickelte Paket aus meinen Händen, schwenkt es vor meinem Gesicht und rast die Straße hinunter zu meinem Haus. Er ist wirklich schnell, während ich mit aller Kraft renne und versuche, ihn einzuholen. Er wird langsamer, nur um mich zu ärgern. Wir kommen völlig außer Atem an meiner Tür an. Wir lehnen uns nebeneinander an den Eingang. Ich versuche zu Atem zu kommen.

Ich kann Taggs hören, der auf der anderen Seite wild wird. Ich muss zugeben, dass all diese Aufregung überwältigend ist. Ich hole den Schlüssel und öffne die Tür. Taggs springt über uns hinweg.

„Hey, Kumpel", sagt Barry und beugt sich vor, um mit dem Hund zu spielen. Das Küchenlicht ist an. Mama oder ich müssen vergessen haben, es auszuschalten. Ich mache das Radio an und stelle es richtig laut. Barry und Taggs gehen in die Küche.

Ich öffne den Kühlschrank und werfe Barry eine Dose Cola zu. Ich dachte, das wäre cool.

„Hey, jetzt sprudelt das!" Barry protestiert lachend.

„Oh ja, sorry", sage ich verlegen. Ich drehe mich um und schaue in den Kühlschrank. Barry kommt und steht ganz nah neben mir und schaut auch rein. Durch seine Nähe fühle ich mich komisch. Ich will nicht zur Seite gehen. Ich sehe Garnelen und Reis. Ich frage ihn, ob er Chinesisch mag. Während er die Garnelen im unteren Regal anschaut, fragt er mich, ob ich Curry habe. Er sagt, er mag scharfes Essen. Ich sage ja, aber ich gebe zu, dass ich nicht weiß, wie ich das machen soll. Barry übernimmt und schnappt sich die Garnelen und ich hole den Wok meiner Mutter.

Wir sind wie zwei Köche, die in der Küche singen. Barry schneidet das Gemüse und ich erhitze das Öl und füge die Garnelen hinzu. Wir tanzen zur Musik im Hintergrund.

Barry übernimmt die Verantwortung, wenn es darum geht, das Gewürz hinzuzufügen, während ich die Zutaten umrühre.

Barry beugt sich über den Wok, um daran zu riechen und, wie dumm, ohne Vorwarnung küsse ich seine Wange. Er sieht mich überrascht an. Ich drehe mich schnell weg.

„Ich denke, wir haben einige Mandeln, die wir hinzufügen könnten. Magst du Mandeln?" Ich gehe zum Kühlschrank und nehme mir eine Cola, um meine Verlegenheit zu verbergen. Als ich mich umdrehe, rührt Barry die Garnelen und das Gemüse um. Er sieht mich nicht so an, wie ich gedacht hatte. Ich hole Besteck und zwei Teller heraus. Mama und ich hatten neulich Abend gekochten Reis, also stelle ich die ich die Reste in die Mikrowelle und schaufele einen Haufen auf unsere Teller. Barry macht es genauso und legt noch mal die gleiche Portion Garnelenpfanne auf den Reis. Wir sitzen uns am Tisch gegenüber.

Hin und wieder wirft Barry Taggs Gemüse oder eine Garnele zu. Taggs fängt sie einwandfrei auf.

„Hör auf damit", necke ich, „wir haben nicht genug Garnelen für alle drei."

Barry nimmt dann ein Stück von seiner Garnele und legt sie auf meinen Teller. Ich schäme mich dafür, dass ich mich beschwert habe.

„Danke", sage ich.

Barry strahlt grinsend, als wollte er sagen: „Nicht der Rede wert." Er verhält sich, als wäre er Mr. Cool. Mit ihm zu essen ist kompliziert. Wir sagen nicht viel. Hin und wieder erwische ich ihn, wie er in meine Richtung schaut. Sein Handy klingelt, aber er antwortet nicht. Er schaut es nur an und drückt einen Knopf, um es zum Schweigen zu bringen.

„Gehst du zum Ball?", fragt er mich, während er sein Handy wieder in die Tasche steckt. Ich habe nicht viel darüber nachgedacht. Ich nicke, um die Frage zu vermeiden, wen ich mitbringen will. Wir essen zu Ende. Ich biete keinen Nachtisch an und er fragt auch nicht.

Mir fällt ein, dass Mama einige Videos geliehen hat, die ich noch nicht zurückgebracht hatte. Das gibt wahrscheinlich eine unglaublich große Verspätungsgebühr auf unserem Konto.

Wir werfen das Geschirr in die Spüle und Barry folgt mir in die Männerhöhle. Ich schäme mich für unsere Möbel im 80er-Jahre-Stil, wenn ich daran denke, wie neu und stilvoll die Möbel von Barrys Familie aussehen, zumindest das, was ich davon gesehen habe. Um die Kränkung noch schlimmer zu machen, habe ich vorhin nicht aufgeräumt, deshalb ist es immer noch ziemlich chaotisch.

Ich hatte gehofft, einer der Filme würde ihm gefallen, aber ich ihm die Auswahl zeige, interessiert es ihn nicht. Ich wähle einen zufälligen Film aus, an den ich mich später nicht mehr erinnern werde. Unsere Couch in der Männerhöhle ist klein und ich lege Wert darauf, Barry zuerst sitzen zu lassen. Ich möchte so etwas Dummes nicht noch einmal machen. Ich mache das Licht aus und setze mich auf den Boden, gegen die Couch gelehnt. Taggs kommt herüber und legt sich auf meinen Schoß.

Ungefähr zwanzig Minuten nach Beginn des Films schaue ich hinter mich und Barry schläft tief und fest. Er sieht so friedlich aus. Er rutscht auf der Couch herum und plötzlich ragt seine Hand neben mir hervor. Ich möchte ihn wieder so sehr küssen, aber ich halte mich zurück. Stattdessen lege ich langsam meine Hand in seine. Er zuckt nicht zusammen oder bewegt sich irgenwie. Die Berührung weckt ihn nicht. Meine Handflächen sind verschwitzt. Seine sind warm und trocken. Sie riechen nach Curry und Zwiebeln. Ich drehe mich um, um den Rest des Films zu sehen. Ich bin in einer unangenehmen Position, um seine Hand zu halten, während ich zum Fernseher schaue, aber das ist mir egal.

Gegen Ende des Films wechselt Barry wieder seine Position und das führt dazu, dass sich meine Hand von meiner löst. Aber seine Hand ist jetzt an meinem Gesicht und ich bin zufrieden. Sie ist so nah, dass ich ihre Wärme spüren kann. Von Zeit zu Zeit reibe ich meine Wange an seiner Hand. Ich fühle mich so zufrieden.

Taggs bewegt sich irgendwann von meinem Schoß und springt auf die Couch und rollt sich zu Barrys Füßen zusammen. Taggs sollte nicht auf der Couch liegen, aber es ist so ein großartiger Augenblick, dass ich ihn lasse.

Während ich den Film anschaue, sagt Barrys Stimme leise: „Wie lange habe ich geschlafen?" Ich drehte mich um und lüge: „Ich weiß nicht."

Barrys Handy klingelt erneut, aber er ignoriert es. „Du hast dein Geschenk noch nicht geöffnet." Unsere Gesichter sind so nah, dass ich das Curry in seinem Atem riechen kann. Ich hole das verpackte Geschenk, das auf der Küchentheke liegt. Ich stolpere über die erste Stufe, finde aber schnell wieder das Gleichgewicht. In der Männerhöhle ist es wirklich dunkel, und die einzige Beleuchtung kommt vom Fernseher. Als ich zurückkomme, setzt sich Barry auf. Ich mache das Licht nicht an. Ich fahre mit den Händen über die Verpackung.

Ich möchte es wirklich nicht öffnen, aber ich möchte auch nicht unhöflich wirken, also fange ich an, an der Zeitung zu reißen. Es ist ein dunkelblauer Pullover. Der ist wirklich gut. „Ich hoffe, er passt", sagt er. Ich halte ihn hoch und danke ihm. Ich stehe auf und gehe zum Flurspiegel. Barry folgt mir. Ich zucke zusammen, weil er das Licht im Flur einschaltet und ich plötzlich im Spiegel bin. Mein Herz klopft laut. Alles scheint in brillanten Farben zu strahlen. Barry steht direkt hinter mir. Ich halte das Shirt hoch und es passt perfekt. Wir starren uns durch den Spiegel an.

Irgendwann schaut er auf die Narbe in meinem Gesicht von unserem Kampf.

„Es tut mir wirklich leid", sagt er. Ich frage fast, was er meint, aber dann erinnere ich mich und stoppe mich. Ich lächle nur. Ich sehe genau, wie leid es ihm tut. Ich weiß nicht, wie lange wir dort stehen.

Ich spüre den Druck einer Erektion in meiner Hose, aber zum Glück hält mein neues Hemd sie außer Sicht. Das weiße Rauschen des Fernsehers unterbricht unseren Blick.

„Nun, ich sollte gehen", sagt er. Er geht zur Tür und ich beuge mich vor, um die Tür für ihn zu öffnen, und dann küsst er mich. Nicht wie dieser dumme Kuss, den ich ihm vorhin in der Küche gegeben habe, sondern ein sanfter, langer Kuss auf die Lippen. Es ist wie in den Filmen. Er zieht sich zurück. Diese ganze Situation verwirrt mich, aber ich möchte nicht, dass sie vorbeigeht. Er schaut nach unten und dann zur Seite, und dann ist er weg.

Ich möchte sehen, wie er in die Ferne verschwindet, aber das Glas an der Außentür ist zu schnell beschlagen. Also schließe ich die Tür und lehne mich eine Weile dagegen.

„Ich möchte wissen, was du denkst, Barry", sage ich zu mir. Das Haus scheint jetzt leer zu sein. Ich gehe nach oben, lege mich ins Bett und spiele den Kuss immer wieder in meinem Kopf nach. Ich würde diesen Tag nicht um alles in der Welt verändern.

KAPITEL 5- DAS SPIEL

Wir haben am nächsten Tag ein weiteres Heimspiel, es ist
das letzte Spiel vor unserem Schulball.

Das Spiel beginnt. Barry spielt und er ist absolut
konzentriert und entschlossen, zu gewinnen. Ich denke, es
könnte mir guttun und besuch nach der langen Pause
wieder das SpielZehn Minuten nach Spielbeginn weiß ich,
dass dies ein schwieriges Spiel für die Mannschaft wird, und
ich fühle mich nervös im Magen. Ich kann sagen, dass das
gegnerische Team Barry als unseren wichtigsten Spieler
ausgemacht hat und sie links und rechts den Durchgang für
ihn blockieren. Ich kann sehen, dass Barry bei diesem Spiel
einhundertzehn Prozent gibt, aber wir sind immer noch um
sechs Punkte im Rückstand.

Unsere Gegner sind besser, als wir erwartet haben; sie sind
ein starkes Team, viel stärker als jedes andere Team, das wir
zuvor herausgefordert haben. Ich kann sagen, dass sie
genauso entschlossen sind wie unser Team, dieses Spiel zu
gewinnen.

Die Menge ist kampfhungrig. Der Geräuschpegel ist
ohrenbetäubend und es ist schwer, sich zu konzentrieren. Es
ist keine Überraschung, dass es dieses Team letztes Jahr ins
Finale geschafft hat, denn es hat definitiv starke Spieler.
Trotzdem geht nur eine Mannschaft mit dem Sieg nach
Hause, und ich hoffe, das sind wir.

Ich sehe Monica mit ihrer Mädchen-Gruppe. Sie hat Barry
das ganze Spiel über im Auge. Sie ist Cheerleaderin, also
ruft sie seinen Namen und lässt den Rest der Mädchen
nachziehen. Es ärgert mich wirklich, dass ich Barrys Namen
nicht rufen kann, ohne unerwünschte Aufmerksamkeit auf

mich zu lenken. Ich denke einen Moment darüber nach und frage mich, ob ich zu paranoid bin. Ich höre andere Leute seinen Namen von den Tribünen hinter mir rufen. Eines Nachts, als wir mit Taggs spazieren gingen, erzählte mir Barry, dass er seit seinem sechsten Lebensjahr mit seinem Bruder und seinem Vater Basketball spielt. Ich weiß, dass einige Scouts von den Unis da waren, um ihn sich anzuschauen.

Das Spiel gehnt in die Verlängerung. Es steht 108 zu 108. Ich bin so heiser vom Schreien. Das gegnerische Team ist ziemlich gut darin, Barry für den größten Teil des Spiels zu blockieren, aber sie werden faul, weil unser Team zu einer neuen Strategie gewechselt hat, die Barry nicht so sehr einbezieht. Mit nur noch fünf Sekunden auf der Uhr ist unser Team um einen Punkt im Rückstand. Diese fünf Sekunden bestimmen, wer das Spiel gewinnt. In diesem Moment löst sich Barry von den Manndeckern, fängt einen Ball, rennt mit ihm über den Platz und in weniger als einer Sekunde knallt er ihn hinein und gewinnt das Spiel.

Die hysterische Menge strömt auf den Platz und hebt Barry in die Luft. Es passiert so plötzlich, dass sogar Barry erschrocken ist. Ich schaue mir das Feiern eine Weile an, aber dann winde ich mich raus, um nach Hause zu gehen. Es ist spät und ich bin müde, aber ich muss Taggs für seinen Spaziergang rausbringen.

Taggs und ich gehen über unsere normale Schleife durch den Wald und drehen dann um, um nach Hause zurückzukehren.

Als wir da sind, wartet Barry auf uns. Taggs rennt auf ihn zu und ich folge ihm. „Ich habe dich beim Spiel gesehen; du hättest darauf warten sollen, dass ich dusche, und wir hätten zusammen nach Hause gehen können." Ich merke, dass er ein bisschen sauer ist. Ich bin froh, dass er möchte,

dass ich bei ihm bin und ich habe wirklich keine Antwort
für ihn außer „Sorry",
„Ich habe das Duschen ausgelassen, also stinke ich wohl.
Ich habe versucht, dich einzuholen, aber ich glaube, ich
habe dich knapp verpasst."
Meine Gedanken rasen bei der Vorstellung von Barry, der
mir nachjagen will. Es ist überwältigend. Ich versuche, das
Thema zu wechseln, indem ich einen Witz darüber mache,
wie er stinkt. Er lacht falsch, lässt seine Reisetasche fallen
und sieht Taggs an.
„Komm, wir machen ihn fertig, Junge! Fangen wir ihn."
Und er beeilt sich und wirft mich zu Boden. Er hebt meinen
Mantel und mein Shirt am Bauch hoch und beginnt mich
zu kitzeln. Ich lache unkontrolliert und Taggs bellt und leckt
mein Gesicht. Es macht Spaß.
Wir sind beide erschöpft und außer Atem. Es ist kalt. Mein
Hemd und mein Mantel sind immer noch hochgezogen
und Barry legt seinen Kopf auf meinen Bauch. In diesem
Moment steht er auf, durchsucht seine Reisetasche und holt
einen Stift heraus. Ich ziehe mein Shirt und meinen Mantel
wieder runter, weil ich friere. Ich starre Barry an. Barry
drückt mich wieder runter und zieht meinen Mantel und
mein Short wieder hoch und schreibt etwas direkt über
meinen Bauchnabel. Ich schaue nach unten: es ist eine
Telefonnummer. Ich lächle. Ich vermute, es ist sein Handy.
Er starrt zurück, mit Taggs auf dem Arm, und lässt sich das
Gesicht lecken. „Ich gehe besser", sagt er. „Ich muss
wirklich duschen." Er steht auf, nimmt seine Reisetasche
und geht. Ich schnappe mir Taggs, damit er ihm nicht
nachläuft. Ich sehe, wie er in der Nacht verblasst.

KAPITEL 6- SCHULTANZ

Schulbälle sind langweilig. Es ist Montag und jetzt reden alle darüber. Die Bälle finden normalerweise an einem Freitag statt. Das Sozialkomitee, das sich zur Hälfte aus Cheerleadern und zur Hälfte aus der Band zusammensetzt, bleibt nach der Schule, um die gesamte Schule vorzubereiten und zu dekorieren. Sie entscheiden sich oft für wirklich seltsame Themen für die Schulbälle. Das letzte, an das ich mich erinnern kann, war „The Love Boat" nach der alten Fernsehserie. Diesmal ist es ein Amor-Thema, obwohl der Valentinstag vor Monaten war. Obwohl die meisten alleine kommen, haben die Basketballmannschaft, Football und andere vom Highschool-Sport normalerweise Verabredungen. Die Tatsache, dass Barry fragt, ob ich zum Tanzen mitkomme, macht mir Lust, zu gehen. Er fordert mich nicht auf, sondern er fragt. Ich bin nicht besonders offen, und der Gedanke, zu so einem Event zu gehen, macht mir Todesangst. Aber dann gehe ich doch.

Barry isst fast jeden Tag mit mir zu Mittag. Dass er an meinem Tisch sitzt, zieht viele unerwünschte Besucher an. Hauptsächlich sind es Todd, Judy Aronson (Todd's Freundin), Monica Llewellyn und ihre Freunde. Es stört mich jetzt jedoch nicht und es stört mich auch nicht, dass sie in ihre Gespräche vertieft sind, an denen ich selten teilnehme. Es fühlt sich an, als wäre ich das große Geheimnis in Barrys Leben, und niemand außer mir kennt es. Dadurch fühle ich mich allen überlegen. Ich fühle mich wirklich cool.

„Was denkst du, Mark?", höre ich eine weibliche Stimme sagen. Es ist Monica.

„Oh, Entschuldigung. Was hast du gesagt?",
antworte ich. Ich werde rot, als ich merke, dass jetzt alle
Augen am Tisch auf mich gerichtet sind.

„Ich denke, du solltest Krista Woods zum Ball
bitten," wiederholt Monica.

„Meinst du?!", antworte ich, was überall Gelächter
hervorruft, einschließlich Barry.
Barry, der mit ihnen zusammen lacht, ärgert mich. Krista
und ich kennen uns seit der zweiten Klasse. Wenn sie nicht
gewesen wäre, wäre ich nie zu einer der Geburtstagsfeiern
in der Nachbarschaft eingeladen worden, als ich jünger war.
Monica findet es nicht witzig, wendet sich an Judy und
beschwert sich, dass Jungs nicht reif genug sind, um
jemanden zu fragen. Judy stimmt zu, während sie sich an
Todd klammert; offensichtlich ist sie nicht an dem Thema
interessiert. Sie schaut Todd lieber an, während sie laut auf
ihrem Kaugummi herumkaut.
Ich bekomme irgendwie einen neuen Status in der Schule
durch meine Verbindung mit Barry, unseren großen Kampf
und unsere Freundschaft. Er wird zum herausragenden
Sportler der Basketballmannschaft. Seit er dabei ist, sind
wir ungeschlagen.

Die Schulzeitung hat einen „Direkt und
Persönlich"-Artikel über Barry verfasst, wie sie es von Zeit
zu Zeit über andere wichtige Akteure und Schülerführer
tun. Ich sehe sein Bild in seinem Basketballtrikot auf der
Titelseite mit der Überschrift: Barry, der Mann, die
Legende.

Oh Mann, wird er deswegen gehänselt werden?
Normalerweise lese ich die Zeitung nicht sofort. Stattdessen
beahre ich sie auf, bis ich alleine in meinem Zimmer bin,
damit ich sie bequem lesen kann. Es gibt eine Reihe von
Fragen über seine Familie, was er vorhat usw. Ich denke, die

Überschrift hätte lauten sollen: „Barry, Der Mann voller Geheimnisse", wegen seiner vagen, einsilbigen Antworten.

Alles, was ich da rausziehe, ist, dass er einen älteren Bruder und eine jüngere Schwester hat. Sie wollten ein größeres Haus und er vermisst seine letzte Schule nicht. Jedoch eine Frage fällt mir auf. Die Frage ist: Bist du verliebt, und wenn ja, in jemanden von der Schule? Barrys Antwort: „Ja und ja".

Ich lache, als ich es lese, aber es bleibt ein großer Zweifel in meinem Kopf und ein echter Hauch von Unsicherheit in seiner Antwort.

Freitag kommt und geht wie ein Blitz. Jeder ist begeistert vom Schulball. Ich höre Rufe von Leuten, die vorbeikommen und sagen: „Wir sehen uns da."

Mir ist zunächst nicht klar, dass die meisten dieser Kommentare für mich sind. Ich muss an mein neues öffentliches Image erst mal verarbeiten.

Als ich nach Hause komme, bin ich sehr aufgeregt, aber die Zeit vergeht viel zu langsam. Das Haus ist leer. Nach dem Gassigehen spiele ich ein paar Minuten mit Taggs. Ich koche mir eine öde Mahlzeit aus Fertigsuppe und bereite mich auf den Tanz vor.

Ist es der Gedanke, Barry zu sehen? Ich denke, es wäre cool, den blauen Pullover zu tragen, den Barry mir gegeben hat. Ich habe ihn noch nicht angehabt. Ich nehme ihn aus dem Schrank und starre ihn an. Er hat immer noch alle Preisschilder drauf.

Ich dusche und rasiere mich, obwohl ich mich nicht wirklich rasieren muss, und ziehe mich an. Ich kann nicht sagen, ob das Shirt mich so attraktiv aussehen lässt, wie ich mich fühle, oder ob es nur daran liegt, dass Barry es mir gegeben hat. Ich überlege, Barry anzurufen, mache es aber nicht.

Diesmal gehe ich zu Fuß zur Schule. Als ich fast da bin, höre ich die lauten Geräusche und die Autos, die vorfahren und Leute absetzen. Die Schule sieht nachts so anders aus. Es ist wirklich kalt. Ich beeile mich, aus der Kälte herauszukommen. Als ich ankomme, fühle ich, wie mein Herz klopft. Ich stehe in der Schlange für die Lose und suche nach Barry, als ich eine Stimme höre, die mich ruft.

„Mark, ich glaube nicht, dass ich jemals gesehen habe, dass du ausgehst." Ich schaue nach unten; es ist Krista Wood.

„Hey Krista, lange nicht gesehen", sage ich und lächle Mamas falsches Lächeln. Ich denke, ich sollte mit meiner neu entdeckten Popularität mehr lächeln. Krista ist sehr klein, aber sehr nett. Ich stelle fest, dass sie sich für den Tanz fein gemacht hat. Sie hat ihre Haare gekräuselt und trägt viel Make-up. Ihr Kleid ist aus rotem Samt. Ich denke, es lässt ihre Hüften zu breit aussehen, aber die Hüften von Frauen sind immer breit.

Wir bleiben auch nach Erhalt unserer Tickets zusammen. Die Turnhalle wurde für den Tanz umgebaut. Es ist dunkel bis auf die blinkenden Lichter. Es ist klar, dass das von einer dieser DJ-Firmen gemacht wurde, die Schulbälle veranstaltet und geleitet haben. Trotzdem ist die Veranstaltung beeindruckend. Die Freiwilligen haben wirklich gute Arbeit geleistet.

Krista und ich gehen herum und reden über alte Zeiten. Ich versuche, interessiert zu wirken, aber die ganze Zeit bin ich sehr bemüht herauszufinden, wo in der Menge Barry steckt.

„Monica hat gesagt, wir hätten alle zusammen gehen sollen, aber du wolltest nicht"

Ich kann mich nicht erinnern, das jemals gesagt zu haben und frage mich, was da los ist.

Krista und ich holen uns ein paar Limos und schlendern noch ein bisschen herum. Wir grüßen ein paar Leute und machen Smalltalk gemacht. Es ist eine Stunde nach Beginn, als die Leute anfangen zu tanzen. Obwohl ich normalerweise nicht tanze, ist Krista sehr aufdringlich bei diesem Thema. Wir tanzen ein wenig, aber ich suche immer noch nach ihm. Krista merkt an, dass sie meinen Pullover mag. Im Pullover wird es ziemlich heiß, aber ich traue mich nicht, ihn auszuziehen. Ich fühle mich, als wäre er heilig.

Ich bin gerade dabei, die Tanzfläche zu verlassen, als Judy und Todd neben uns tanzen. Krista und Judy flüstern sich in die Ohren, was ich unhöflich und nervig finde. Todd hüpft nur zur Musik. Er muss wohl der schlechteste Tänzer sein, den ich je gesehen habe. Ich kichere vor mich hin.

„Hast du Barry gesehen?" Ich frage Todd.

„Ja, er ist mit Monica da drüben", sagt er und zeigt auf eine dunkle Ecke, in der die Stühle stehen. Ich mache mir eine geistige Notiz, um mich dorthin zu schlängeln, wenn ich mit Krista fertig getanzt habe. Es scheint, als würde dieses Lied für immer weitergehen. Todd erwähnt, dass Billy Compton rausgeschmissen wird und dass die ine Chance besteht, dass ich wieder ins Team komme. Ich könnte das als Beleidigung auffassen, aber ich weiß, dass er versucht, Smalltalk zu machen, und er aufrichtig ist in dem, was er sagt.

Ein neuer Song wird gespielt, und ich erkläre Krista, dass ich gehe, aber sie bittet um wenigstens einen weiteren Tanz. Ich fordere sie auf. Ich möchte nicht wirklich noch mal tanzen. Ich bin überhitzt, weil ich den „heiligen" Pullover trage, und ich möchte wirklich Barry finden.

Das Lied gefällt mir und ich gratuliere Krista zu ihrer Wahl. Sie scheint es so zu aufzufassen, als hätte ich ihr gesagt, dass sie schön sei oder so. Als es endet, sage ich, dass ich wiederkomme, und gehe dann schnell, um Krista absichtlich keine Chance zu geben, Einwände zu erheben oder mir zu folgen. Der Bereich, zu dem Todd gezeigt hat, ist ziemlich dunkel. Es sitzen mehrere Figuren herum und ich finde es unmöglich, sie zu erkennen.

Als sich meine Augen an die Dunkelheit gewöhnt haben, merke ich, dass die beiden Leute direkt vor mir Monica und Barry sind, uns sie machen leidenschaftlich rum. Sie sehen mich nicht.

Alle Emotionen und Gefühle verschwinden aus mir. Ich spüre einen Schmerz in meiner Brust. Als ich mich zurückziehe, stoße ich laut gegen einige Stühle. Ich drehe mich schnell um und renne die Turnhalle. Ich beeile mich, in den Flur zur Tür zu kommen und höre Schritte hinter mir laufen.

Ich weiß, dass es Barry ist.

Ich renne so schnell ich kann. Tränen rinnen über mein Gesicht.

Inzwischen sind wir auf dem Gelände vor der Schule.

„Warte", höre ich ihn rufen. Ich fühle, wie er näherkommt.

Als ich den Hügel erreiche, der zur Straße führt, hat Barry mich eingeholt. Seine Hand greift nach meiner Hose, als er versucht, mich zurückzuziehen. Ich höre auf zu rennen und schwinge herum, als wäre ich bereit zu kämpfen. Wie ein Boxer mache ich zwei Fäuste. Im Nachhinein muss ich albern ausgesehen haben.

Ich stürze mich auf Barry, aber er schiebt mich beiseite. Tränen rinnen über mein Gesicht, ich muss dumm aussehen, aber es ist mir egal. Ich gehe wieder auf ihn zu, aber er packt mich und will mich mit der Faust schlagen, als er selbst merkt, was er vorhat.

„Nein, ich werde nicht mit dir kämpfen, Mark!", schreit er.

„Nein, zur Hölle, das wirst du nicht!" Ich schreie vor Wut. Ich fühle die Tränen überall hinfließen. Ich bin wahnsinnig wütend. Er schafft es, mich zu Boden zu ringen, ohne mich zu bekämpfen. Ich schreie immer wieder: „Ich hasse dich. Ich hasse dich verdammt noch mal!„ Inzwischen brülle ich wirklich. Barry hat mich mit den Knien auf den Schultern festgenagelt und seine Hände halten meine Fäuste über meinem Kopf fest. Ich sehe, dass meine Worte ihn verletzt haben. Er sagt nichts, er lässt mich nur weinen.

Zum Glück sind wir außer Hörweite, am Fuße des Hügels, wo uns niemand sehen kann. Wir atmen schwer. Ich fange an mich zu beruhigen. Ich weine immer noch, obwohl es mir egal ist. Ich weiß nicht, was ich sagen soll, außer dass ich wütend bin. Wütend auf was? Dann wird mir klar, dass ich wirklich in Barry Stillwater verliebt bin. Ich möchte derjenige sein, der leidenschaftlich mit ihm in dieser Ecke der Turnhalle rummacht.

In diesem Moment merke ich, dass ich schwul bin.

Ich finde keine Worte zu mir, die Barry diese Gefühle klarmachen könnten. Also weine ich noch etwas für mich.

„Ich weiß, dass du mich mit Monica gesehen hast, Mark", flüstert er. „Ich konnte sie nicht aufhalten oder irgendetwas tun." Er rollt sich von mir herunter und sitzt da und starrt zur Seite. „Als sie mich berührte, musste ich an dich denken, Mark."

Wow, schreie ich in meinem Kopf. Ich drehe mich auf die Seite. Ich kann nicht glauben, was ich da höre. In diesem Moment fängt er an zu weinen und es klingt eher wie ein Wimmern als wie ein echter Schrei.

„Warum hast du versucht, mit mir zu kämpfen? Ich will dich nicht schlagen - das ist das Letzte, was ich will, Mark!"

Mein Kopf beginnt sich zu drehen. Ich will mich freuen, aber stattdessen fühle ich mich dumm, beschämt und sehr verwirrt.

„Alter, wir müssen uns ändern", sage ich, aber es kommt alles falsch heraus. Er sieht mich auf seltsame Weise an. „Ich meine, wir müssen das offen machen, weil …", erkläre ich. Mein Herz beginnt zu pochen: „Ich habe so viele Gefühle für dich."

Barry wischt sich die Augen. Sie sind rot. Er sieht so verletzlich aus. Er fängt an zu zittern, weil es hier draußen im feuchten Gras kalt ist. Er steht auf und ich bemerke die Details seiner muskulösen Beine, die sich gegen seine Hose abzeichnen, während er sich wieder aufrichtet. Er macht eine kurze Pause.

„Lass uns reden,,, sagt er und schaut geradeaus anstatt zu mir. Ich wende mich ab und gehe zur Schule, aber er bewegt sich nicht.

„Willst du nicht deine Jacke holen?"

Er schüttelt nur den Kopf und geht in unsere Richtung. Irgendwie fühle ich, dass er wütend ist. Wir gehen lange. Unser vom Laufen schweres Atmen hat uns müde gemacht. Ich kann die Stille nicht mehr ertragen.

„Bist du wütend auf mich?", frage ich nach einem langen Moment der Stille.

„Nein", antwortet er und sieht mich an,,,und hör auf, so niedergeschlagen zu sein, Mark. Es liegt nicht an dir. Es liegt an mir. Ich bin sauer auf mich, weil ich nicht früher geredet habe. „ Er sagt das in einem genervten Ton.

Wir gehen noch ein bisschen schweigend weiter. Wie ein Idiot muss ich meine große Klappe öffnen. „Nun, es braucht zwei, um zu reden, also hätte ich auch etwas sagen sollen."

Dieser Kommentar bringt Barry zum Lachen. Ich lache, wegen des verrückten Kommentars, den ich gerade gemacht habe. Das bricht tatsächlich das Eis. Barry fängt an, über sich und sein Leben zu sprechen.

Ich schwöre mir selbst, dass ich von diesem Punkt an absolut schweigen und ihm einfach zuhören werde. Er sagt, dass er nach seiner Mutter kommt. Beiden fehlen gute Kommunikationsfähigkeiten. Er versucht immer wieder, „in meiner Nähe" zu sein, um mehr Austausch zwischen uns zu ermöglichen, in der Hoffnung, dass seine Gefühle deutlich werden, oder dass er etwas sagen kann. Er gibt sogar zu, dass er an meiner Bushaltestelle gewartet hatte, um mich öfter zu sehen. Der bloße Gedanke, dass Barry so viel an mich denkt, ist überwältigend.

Ich bekomme schlimme Kopfschmerzen davon, aber glückliche; ich kann es kaum glauben. Das ist zu der Zeit passiert, als Monica ihm folgte und dort rumhing.

Barry sagt, dass er Gefühle für Männer und für Frauen hat. Diese Aussage tut weh, aber ich verstehe, was er meint. Inzwischen sind wir an meinem Haus vorbei. Ich mache mir zunehmend Sorgen wegen der kalten Luft, weil Barry ohne Jacke ist, aber er geht weiter und redet. Er sagt, er habe sich ehrlich gesagt schlecht gefühlt, weil ich das Team verlassen habe, und dass er persönlich mit dem Trainer gesprochen habe, um zu versuchen, seine Meinung zu ändern, aber funktioniert hat es nicht. Es ist ihm unangenehm, dass er mich Schwuchtel und so genannt hat, und er holt weiter und weiter aus. Ich bin angenehm überrascht. Ich glaube nicht, dass er jemals so mit mir gesprochen hat. Ich fange Kleinigkeiten von dem auf, was er sagt, bin aber zu überwältigt, um das Wesentliche zu verstehen.

Wir haben sein Haus erreicht. Es ist sichtbar leer. Es ist mir unangenehm, dort zu sein, aber er zieht sein Handy und seine Schlüssel aus der Tasche und wir gehen durch eine Seitentür rein. Er macht Licht an und geht weiter. Der Flur riecht nach Zimt und Nelken; ich bin mir nicht sicher, ob das die richtigen Gewürze sind, aber der Geruch ist angenehm.

Wir gehen die Treppe hinauf und in die Küche. Er schnappt sich ein Papiertuch, hält es unter den Wasserhahn und gibt es mir.

„Vielleicht willst du dich zusammenflicken."

Ich suche das Badezimmer. Barry bemerkt, wonach ich suche und zeigt auf die Halle in Richtung Flur. Ich gehe rein und merke, dass ich ziemlich durcheinander bin. An meinem Gesicht kleben Gras und Schmutz, vermischt mit den getrockneten Schweiß- und Tränenströmen. Meine Haare sind voller Dreck und Schmutz! Ich versuche hastig, mich in einen ordentlichen Zustand zu bringen.

Als ich herauskomme, steht Barry an der offenen Tür vor dem Kühlschrank und starrt irgendwo hin.

„Wirf mir keine Cola zu", scherze ich und versuche das Eis zu brechen, aber er hört mich nicht und schaut nur auf. Schade, dass Taggs nicht hier ist, um uns zu beruhigen. Das Haus ist schön warm und ich würde mich wirklich gerne umschauen. Ich deute an, dass ich mich gern umschauen möchte, un das holt ihn aus seiner seltsamen Stimmung heraus. Er gibt mir dann eine große Führung.

Zuerst gehen wir ins Wohnzimmer, das sich an der Vorderseite liegt. Es ist wirklich schön, aber man kann sagen, dass es nur für die Show ist, weil Barry dort nicht einmal reingeht. Es hat einen weißen Teppichboden. Die Möbel sind schön und schauen teuer aus, mit dunkler Holzverkleidung. Es sieht so aus, als wäre alles für ein

Möbelkatalog-Shooting vorbereitet: wenn jede Ecke mit Möbeln besetzt ist, Kerzen überall und Zeitschriften und Porzellanfrüchte in einer Schale auf dem Kaffeetisch. Dann geht er die Treppe hoch und ich sehe sein Zimmer, das Zimmer seiner Schwester, das Zimmer seines Bruders und das Zimmer seiner Eltern. Die Schlafzimmer sind kleiner, als ich erwartet hatte. Sogar das Hauptschlafzimmer ist klein. Die Räume sind jedoch immer noch größer als die Zimmer in unserem Haus.

Ich stelle fest, dass die Stillwaters kein Gästezimmer haben, während wir eines haben. Andererseits gibt es fünf Personen in ihrer Familie, im Gegensatz zu uns zweien.

Als die Tour vorbei ist, kehren wir, wie ich gehofft habe, in Barrys Schlafzimmer zurück. Barry schaltet die Stereoanlage ein und hüpft aufs Bett. Ich weiß nicht, ob ich auf dem Bett oder auf dem Stuhl sitzen soll. Ich versuche, cool zu tun und gehe ein bisschen durch den Raum, wobei ich die Dinge im Detail betrachte. Ich studiere sein Zimmer und speichere alles ab. Er hat wirklich viele Sportsachen an den Wänden: Bänder, Medaillen und Trophäen. Er scheint immer in den ersten Schulmannschaften gewesen zu sein. Bücher sind überall auf seinem Schreibtisch verstreut.

Ich muss eine Weile gebraucht haben.

„Willst du auch die Schubladen durchsuchen?", kichert er. Ich drehe mich zu ihm und sage komisch: „Ja!" und setze meine Inspektion mit einem Lächeln fort. Er bietet mir etwas zu trinken an und geht, um es zu holen.

Ich möchte, dass er bleibt, bin aber auch dankbar, weil mir das Zeit gibt, weiter in seine Sachen zu schnüffeln. So seltsam es auch klingen mag, ich öffne seinen Schrank. Es gibt eine Schnur für das Licht und ich ziehe daran. Der Schrank ist voll. Seine Kleidung ist eng, aber ordentlich gepackt. Die Ordnung überrascht mich. Schuhe und Turnschuhe liegen auf dem Boden. Ich werde nervös und schließe schnell die Türen wieder. Ich kann ihn in der Küche hören, und dann seine Schritte, wie er die Treppe hinaufgeht.

Als er wieder auftaucht, stehe ich lässig am Fenster. „Wir haben nur Cola", informiert er mich, als er mir das Glas gibt. Die Cola ist abgestanden, aber das macht mir nichts aus. Er setzt sich wieder aufs Bett und fordert mich auf, mich neben ihn zu legen. Sein Bett ist klein, aber wir schaffen es, uns zusammenzuquetschen. Als ich seine Decke anstarre, fällt mir auf, dass sie mit im Dunkeln leuchtenden Sternen bedeckt ist. Sie wirken irgendwie kindisch, aber ich sage nichts. Barry erklärt, dass er sie gesammelt hat. Mit sieben oder acht Jahren bekam er sein erstes Set aus einer Müslischachtel. Er brachte seine Mutter dazu, Packungen und Müslischachteln zu kaufen, obwohl er das Müsli nach der ersten Packung satt hatte. Ich lache über seine Geschichte, wie er morgens früh aufstand und das Müsli in den Mülleimer warf, nur um eine weitere Schachtel mit den Sternen zu bekommen.

Nachdem die Werbeaktion der Müslifirma beendet war, fand Barry ein Geschäft mit ähnlichen Sternen. Er deutet jedes Sternbild hin und erzählt mir, wie er die Namen der einzelnen Sternbilder gelernt hat. Jede Nacht, wenn er schlafen ging, sagte er sie auf, er machte eine Art Spiel daraus und benannte jeden Stern, so, als würde er Schäfchen zählen, bis er müde wurde. Er erzählt, dass das das erste war, was er in seinem Zimmer aufgestellt hat, als er hier eingezogen ist.

Wir sind eine Weile still und dann stützt sich Barry auf seinen Ellbogen und schaut auf mich herab. Ich lächle zurück und bin dabei, etwas zu sagen wie: „Wie wäre es mit UNSEREM GESPRÄCH?" aber er beugt sich vor und beginnt mich zu küssen, bevor ich die Gelegenheit habe, etwas zu sagen. Unsere Küssen werden ziemlich intensiv.

Ich spüre, wie er seine Hand um meine Taille legt, während er sich über mir bewegt. Er fühlt sich schwer und gut an und ich bekomme eine Erektion. Er steht auf, schließt die Tür und macht das Licht aus, was mich fassen ausflippen lässt, aber dann macht er die Lampe an, die neben seinem Schreibtisch steht. Er kommt zurück und lässt sich direkt auf mich fallen, so dass es mir den Atem verschlägt. Wir lachen beide. Er lässt mir nicht genug Zeit, Kommentare abzugeben, als er mich wieder küsst.

Während wir rummachen, fahre ich nervös mit den Händen über seine Seiten. Er scheint tatsächlich solide und fest zu sein. Ich vermute, ich fühle mich für ihn genauso fühlen. Ich bin wirklich neugierig, ob er eine Erektion hat oder nicht, weil ich sicher binan dass er meine spüren kann. Wir stoppen kurz, um unsere Shirts auszuziehen. Ich sehe wieder diese dünne Linie von sexy Haaren an seinem Unterleib und mir fällt auf, dass ich sie lange nicht gesehen habe. Ich schäme mich für meinen praktisch haarlosen Körper und hoffe, dass er alle Lichter ausschaltet. Aber er tut es nicht. Er küsst mich weiter und berührt mich überall. Er ist wieder auf mir und ich bin wirklich im Moment gefangen. Er bewegt langsam seine Hand zu meiner Hose. Er fährt mit den Fingern über ihren Rand und über meine Haut. Es fühlt sich gut an. Dann schiebt er sie langsam tiefer. Ich möchte ihn fast aufhalten, aber ein größerer Teil von mir möchte dasselbe bei ihm machen. Es ist aber schwierig, mich von meiner Position aus zu bewegen. Barry öffnet meinen Hosenknopf und öffnet den Reißverschluss. Er drückt seine Hand auf mein Becken, während er die störende Hose löst.

Ich könnte noch weiter gehen, aber dann wäre es nichts Besonderes mehr für mich. Ich kann nur eins sagen: Barry riecht nach warmer Milch und Parfum. Welche Art von Parfum, das weiß ich nicht.

Wir drücken und reiben und wichsen uns schließlich gegenseitig. Es ist ziemlich verschwitzt, und drängend und chaotisch und aufregend zugleich.

Danach räumen wir auf. Barry benutzt Taschentücher, um das klebrige Zeug wegzuwischen, während ich zu Hause, wenn ich alleine wäre, ein Handtuch benutzen würde. Dann macht er das Licht aus und kehrt ins Bett zurück.

Er und ich stehen uns auf unserer Seite gegenüber. In meinem Kopf höre ich dieses Lieblingslied von Monicas alter Schule, genannt „Angel of Mine", während ich einschlafe. Gelegentlich höre ich das gedämpfte Geräusch von Barrys Handy, das er nicht beantwortet, und das stört meinen Schlaf, aber ich drifte schnell wieder ab. Barry schläft schwer.

Wir kommen nie dazu, über den Vorfall beim Tanz zu sprechen. Während der ganzen Nacht höre ich, wie er friedlich neben mir atmet. Wir drehen uns beide und bewegen uns oft, weil das Bett zu klein und wirklich ziemlich unbequem ist.

KAPITEL 7- FRÜHSTÜCK

Ich wache auf von seltsamen Geräuschen aus dem Flur. Meine Schultern sind kalt und mein Hintern ist nackt. Ich gerate in Panik. Es ist Tag. Ich bin jedoch ganz alleine im Bett. Ich bin unter der Decke, erinnere mich aber nicht, wie ich dorthin gekommen bin. Ich bin einen Moment lang vernebelt und verwirrt, wo ich bin, aber nur für den Bruchteil einer Sekunde, weil ich mich schnell erinnere, und die Erkenntnis mich wachrüttelt. Ich sehe mich um und finde Barry schlafend auf dem Boden, eingewickelt in eine Bettdecke und zwei Kissen.

„Barry, steh auf, deine Eltern sind zu Hause."
Barry wacht nicht auf, sondern rollt sich genervt von mir weg und sagt: „Lass mich in Ruhe; Außerdem ist die Tür verschlossen."
Das unterdrückt meine aufkommende Panik überhaupt nicht. Ich liege nur da und höre Musik. Ich kann mir nicht vorstellen, wie er bei all dem Lärm im Haus schlafen kann. Ich höre, wie Essen gebraten wird, Musik spielt, Leute lachen. Jemand rennt und redet in der Halle und ich höre die Geräusche eines automatischen Garagentors, das sich draußen öffnet, und in das ein Auto einfährt. Ich suche gerade rechtzeitig in der verstreuten Kleidung nach meinem Hemd und meiner Unterwäsche, als es an Barrys Schlafzimmertür klopft.

„Hey Rip! Mama will dich unten zum Frühstücken!"
Ich vermute, es ist sein älterer Bruder. Ich denke, er meint Rip wie in Rip Van Winkle. Barry antwortet nicht. Er dreht sich einfach wieder um. Der Türknauf klappert und dreht sich, und ich springe aus dem Bett in eine aufrechte Position.

„Geh zum Teufel!", ruft Barry schließlich und löst damit lautes Klopfen auf der anderen Seite der Tür. Die Schritte entfernen sich von der Tür und die Treppe runter, aber das bringt mir nur kurze Erleichterung. Vielleicht sollte ich Barry wecken. Diese Episode lässt mich jedoch denken, dass Barry kein Morgenmensch ist und dass ich ihn besser in Ruhe lassen sollte. Ich höre große, schwere Schritte die Treppe hinauf in unsere Richtung kommen und es folgt weiteres lautes Klopfen.

„Barry, aufwachen!" Es ist sein Vater.

Barry steht träge mit der lose um ihn gewickelten Bettdecke auf und geht zur Tür. Zu meinem Entsetzen öffnet er sie und sagt: „Ein Freund schläft bei mir."

Das ist alles ziemlich interessant und setzt Barry in ein neues Licht. Sein Vater murmelt etwas auf Deutsch und dann antwortet Barry: „Mark." Als sein Vater meinen Namen hört, wechselt er sofort zu Englisch. „Ah ja, Mark. Guten Morgen, Mark!" grüßt Barrys Vater und öffnet die Tür weiter, um mich anzusehen. Ich fühle eine rote Hitze über mich kommen. „Hallo, Mr. Stillwater."

„Diesmal musst du mit uns am Tisch sitzen", antwortet er mit seinem starken Akzent. Ich gähne unkontrolliert und kann irgendwie zustimmend antworten. Barry sieht mich mit einem schläfrigen, glücklichen Grinsen an. Barrys Vater ist sehr groß und gutaussehend. Er sieht ziemlich normal oder eben kanadisch aus, solange er nicht spricht.

Als er weg ist, schließt Barry die Tür und fällt verlegen neben mich aufs Bett. Seine Hände umarmen meine Beine.

„Wieso hast du mir nicht gesagt, dass du aus Deutschland kommst?", frage ich.

„Weil ich nicht aus Deutschland bin; nur mein Vater", antwortet Barry. Er fährt fort, dass ihr richtiger deutscher Familienname Stilleswasser war und dass sein Vater die englische Übersetzung Stillwater übernahm, als er nach

Kanada einwanderte. Wir stehen schließlich auf und ziehen uns an, oder besser gesagt, ich ziehe meine alten Kleider an, während Barry eine frische Jeans und ein T-Shirt anzieht, das über dem Stuhl neben seinem Schreibtisch hängt.

Ich mache meine Haare nass und leihe mir Barrys Kamm aus. Ich kann den Frisur-Debakel-Tag, den ich haben werde, nur verringern, nicht aufhalten. Barrys Zahnbürste benutze ich jedoch nicht, die er mir anbietet, was dazu führt, dass er mich enttäuscht angrinst. Ich gurgele mit Mundwasser, und mein Mund fühlt sich etwas frischer an. Ich fühle mich wegen unserer Aktion letzte Nacht nicht besonders sauber. Ich hätte gerne geduscht und ein neues Kleidungsstück angezogen, bevor ich Barrys Familie begegnete. Ich denke, ihr erster Eindruck von mir war nicht gerade positiv.

Als wir die Treppe hinuntergehen, höre ich Leute Stühle verrücken, um sich an den Tisch zu setzen.

Ich flüstere Barry zu: „Spricht deine Mutter Deutsch?"

„Ja, und Französisch", antwortet er, „meine Mutter ist in Kanada aufgewachsen, aber ihre Familie stammt aus Elsass-Lothringen."

Ich notiere dies für zukünftige Untersuchungen, da ich keine Ahnung habe, wo sich dieser Elsass-Ort befindet. Barrys Erwähnung seiner Mutter weckt Ängste wegen unserer ersten Begegnung. Beim Betreten der Küche fallen meine Augen zuerst auf Barrys Mutter. Irgenwie bin ich von ihr angezogen. Sie sieht Barry sehr ähnlich und sieht viel jünger aus, als sie tatsächlich ist. Sie beugt sich über den Tisch und stellt Milch und Orangensaft neben ihren ältesten Sohn.

Weil ich möchte, dass sie ich mag, fasse ich so viel Mut wie möglich und sage:„Es tut mir leid, ich wurde nicht richtig vorgestellt. Ich bin Mark Thomas. „ Ich sage es allgemein in den Raum, aber ich ziele auf Barrys Mutter.

„Nein", antwortet sie kalt, „du hast dich als Sheilas Sohn vorgestellt."

Es ist tatsächlich Barrys Vater, der antwortet. „Mark, das ist mein ältester Sohn, Steven, meine Tochter Lisa und meine Frau Helen. Wir freuen uns, dass du dich entschlossen hast, dieses Mal mit uns zu essen." Barrys Vater versucht, mit diesem letzten Kommentar einen Witz zu machen, um das Eis zu brechen, aber das geht nicht gut. Barry sieht seinen Vater nur missbilligend an, als er sich setzt und den Orangensaft seiner Schwester nimmt.

Mrs. Stillwater fordert mich auf, mich auf die gegenüberliegende Seite zu setzen, weg von Barry, was mich ein wenig paranoid macht. Ich habe das Gefühl, dass sie etwas vermutet zwischen Barry und mir. Ich habe das Gefühl, dass sie mich überhaupt nicht mag. Wir bekommen ein großes und fettiges Frühstück mit Schinken, Rührei, Toast und gebratener Wurst.

Wir reichen das Essen schnell und wortlos heraum, genau wie in der TV-Show „Rosanne". Das Gespräch ist leicht und ich gebe mein Bestes, um mitzumachen. Ich beglückwünsche Frau Stillwater zum Essen. Sie sagt lässig: „Danke."

Mr. Stillwater fügt hinzu: „Mark, Greif zu, wenn du magst." Mr. Stillwater ist der Neugierige am Tisch. Steven ist eine Art blöder großer Bruder. Er ist cool, aber nicht so gelassen wie Barry. Er spricht mit Barry viel über Sport. Irgendwann fragt er, ob ich in der Basketballmannschaft bin. Barry hört auf zu essen und schaut auf und fragt sich, was er tun soll.

„Nicht in diesem Jahr", sage ich, um Barry zu beruhigen. Das Thema ändert sich schnell, als Lisa über ihre Klassenkameraden spricht. Lisa sitzt neben mir. Ich denke, sie akzeptiert mich eher, so wie ihr Vater. Steven scheint gleichgültig zu sein.

Mrs. Stillwater lässt das Pendel gegen mich ausschlagen. Ich erinnere mich, wie Barry mir erzählte, dass er seiner Mutter ähnlich ist, und das beruhigt mich im Moment nicht gerade. Dann merke ich, dass ich meiner Mutter nicht gesagt hatte, wo ich die Nacht verbracht habe. Während des Essens frage ich, ob ich mal telefonieren kann. Meine plötzliche Frage führt dazu, dass jeder mit dem aufhört, was er gerade tut.

Gut gemacht, Idiot.

„Sicher", antwortet Mr. Stillwater und kaut immer noch sein Essen.

„Es gibt eins in der Männerhöhle", fügt Barry hinzu. Er steht auf, um mich dorthin zu bringen, wenn ich sage, dass das in Ordnung ist. Ich benutze das auf der Theke. Großer Fehler. Mrs. Stillwater sieht mich missbilligend an. Wahrscheinlich, weil ich das Gespräch am Frühstückstisch störe. Um sie zu beruhigen, gehe ich in die Männerhöhle. Ich hätte wirklich Barrys Hilfe gebrauchen können, um das Telefon zu finden. Es ist, als würde er meine Gedanken lesen, denn innerhalb von Sekunden höre ich seine Schritte die kurze Treppe hinter mir heraufkommen, immer noch eine Gabel in der Hand. Er geht an mir vorbei und nimmt den Hörer ab; es sitzt versteckt auf einem kleinen Tisch hinter der Couch. Er gibt es mir. Ich rufe meine Mutter an. Ich weiß, dass sie zu Hause ist. „Hallo?", antwortet sie mit ihrer dreisten Verkaufsstimme.

„Mama, ich bin es." Ich sage ihr, dass ich die Nacht bei Barry verbracht habe und bald zu Hause sein werde. Ich erwarte eine Standpauke, bekomme aber keine. Sie sagt nur „Okay" und dass sie los muss für eine Führung.

Dieser Tag war von Anfang an komisch. Ich kehre zum Tisch zurück. Inzwischen sind alle fast fertig und räumen

den Tisch ab. Ich sitze alleine und beende mein Essen
inmitten dieser um mich herumsummenden Aktivität. Als
ich fertig bin, winkt Barry mich zurück nach oben; wegen
dem, was wir letzte Nacht gemacht haben, wird mir ganz
unbehaglich. Steven und Mr. Stillwater gehen in Richtung
Garage und Lisa ist mit eingeschaltetem Fernseher in der
Männerhöhle. Mrs. Stillwater räumt in der Küche auf. Es
scheint alles wie ein typischer Samstag in Stillwater House.
Ich folge Barry nach oben und wir räumen im
Schlafzimmer auf. Während der Reinigung stiehlt sich
Barry einen Kuss, was mich in Panik versetzt, weil die Tür
offen ist. Wir gehen die Treppe hinunter und zur Haustür
raus. Barry geht um die Seite des Hauses herum zur Garage
und taucht mit einem Basketball wieder auf. Er wirft ihn
mir zu und ich schaue mich nach dem Korb um und mache
einen Wurf, der direkt hineingeht. Barry nimmt den Ball
und dribbelt ein bisschen. Ich bin nicht wirklich in der
Stimmung zu spielen und fühle mich ein wenig unsicher, ob
sein Vater und sein Bruder in der Garage zu tun haben.
Barry dribbelt weiter um mich herum, als wolle er mich
herausfordern. Ich stehe da und starre nur in den
Weltraum. Endlich sage ich, dass ich gehen sollte.
Barry dribbelt weiter und murmelt: „Wie du willst." Aber
ich kann sehen, dass er enttäuscht ist. Er führt mich zum
Ende der Auffahrt. Ich sage, dass ich letzte Nacht nicht gut
geschlafen habe und wahrscheinlich ein Nickerchen
machen werde, wenn ich nach Hause komme.
„Was wirst du machen?", frage ich. Er sagt, er hat Aufgaben
zu erledigen und muss zur Schule gehen, um seine Jacke zu
holen und Monica anzurufen. Er erkennt seinen Fehler bei
dieser letzten Aussage.
„Naja, ich muss etwas zu meinem Verschwinden letzte
Nacht sagen", erwidert er wütend. Aber dann sagt er, er
wird mich anrufen, als wollte er mich beschwichtigen. Ich

nicke und gehe wütend, verwirrt und müde davon. Ich komme nach Hause und fühle mich wirklich wie geprügelt. Taggs kommt die Treppe herunter und springt über mich hinweg. Ich bin viel zu erledigt, um ihn zu beruhigen. Ich möchte nur für eine Weile entspannen. Ich gehe in die Küche und finde eine Notiz auf dem Tisch.

Mark,
Du hättest wirklich anrufen sollen, um mich wissen zu lassen, wo du letzte Nacht sein würdest. Vergiss nicht, die Männerhöhle zu putzen. Könntest du auch dein Zimmer putzen? Ich finde es ziemlich unordentlich.
Alles Liebe, Mama

Ich finde das lustig, weil mein Zimmer immer ein Chaos ist, aber ich denke, sie hat das Recht, wenn sie gerade 175 Dollar für Turnschuhe ausgeben musste, dafür zu sorgen, dass sie in einer schönen Umgebung bleiben.
Ich drehe mich um und trinke etwas Orangensaft aus dem Kühlschrank und gehe in mein Zimmer. Taggs folgt. Ich sollte zuerst duschen, aber ich bin zu müde. Ich schlafe ein paar Stunden ein. Als ich aufwache, fühle ich mich immer noch schläfrig und lasse die gesamten letzten vierundzwanzig Stunden wie Revue passieren. Es ist komisch, weil ich nichts zu tun habe, aber etwas tun möchte. Als ich nach unten gehe, sehe ich meine Mutter dort sitzen und etwas trinken, das aussieht wie Whisky und Cola.
„Musst du immer in diesem Zimmer sein?" Sie spricht verwischt, und das bedeutet, dass sie mehrere Whisky mit Cola hatte.
Manchmal fühle ich mich wie der Babysitter zwischen meinen beiden Eltern. Ich gehe widerwillig durch die Küche und öffne den Kühlschrank.

Ich trinke gerade noch einen Orangensaft, als ich merke, dass Mama entsetzt zuschaut. Ich mache ein lustiges Gesicht und drehe mich um, um an ein Glas zu kommen. „Also, hast du das Paket an die Stillwater geliefert?"
„Ja", antworte ich mit einem so breiten Grinsen, dass ich aussehe wie ein Halloween-Kürbis. Mama fängt an, nach den Stillwaters zu fragen. Ich möchte wirklich nicht in ein tiefes Gespräch über sie geraten. Mama hartnäckig.
„Also, welche Art von Möbel haben sie?" Ich sage ihr, dass ich es nicht weiß. „Wie meinst du das, du weißt es nicht, ist es billiger Ikea-Mist oder haben sie schöne Ethan Allen-Möbel?" Mama ist so, wenn sie trinkt. Als ich in ein anderes Zimmer gehe, folgt sie mir. Wenn ich rausgehe, macht sie eine Szene an der Tür. Also entscheide ich mich, dass es am besten ist, abzuwarten und sie zu beschwichtigen. Ich beschreibe die Möbel so gut ich kann. Mama sitzt da und hört zu, als ob die Worte sie trauriger machen. Ich bin sicher, sie denkt an ihre gescheiterte Ehe, an alte Möbel und ihre übermäßig anspruchsvolle Karriere.
Es gibt eine lange Stille, nachdem ich aufgehört habe zu reden. Sie kommt aus ihrer Benommenheit heraus, als wäre sie überrascht, und geht zu eine neuen Reihe von Fragen über.
„Also, erzähl mir von den Stillwater-Kindern."
Gegen meinen inneren Widerstand sage ich, dass Barry ihr mittleres Kind ist und dass ich einige Fächer mit ihm habe. Allerdings lenkt Mama das Gespräch abrupt zu Mr. und Mrs. Stillwater. Ich spüre, dass Mama neidisch auf Mrs. Stillwater ist: ihr Aussehen, ihre Ehe, ihr Haus und ihre Kinder. Ich habe das Gefühl, dass nichts, was ich ihr sage, ausreichen wird. „Wie sehen ihre Möbel noch mal aus?", fährt Mama fort.
„Ich habe es dir schon gesagt."

„Du willst es deiner alten Mutter einfach nicht noch einmal sagen", schmollt sie, während sie einen weiteren großen Schluck aus ihrem Glas nimmt.

„Oh, ich weiß nicht, dunkel gebeiztes Holz", erwidere ich verzweifelt.

Mama unterbricht mich, indem sie das Radio einschaltet. Sie angelt nach deprimierender Musik, kann ich wohl sagen. Sie findet ein schönes Lied von Jan Arden, um ihre Sorgen zu übertönen.

„Glaubst du, sie ist eine bessere Mutter als ich?", murmelt Mutter.

„Wer?", frage ich.

„Mrs. Stillwater,,, erwidert sie wütend, als ob ich wissen sollte, über wen sie spricht.

„Das glaube ich nicht", erwidere ich ehrlich. Das scheint das Meer der Fragen zu unterdrücken. Dieses Mal nehme ich die Pause in der Befragung als mein Stichwort, um zu gehen. Mama starrt mit einem sehr traurigen Gesichtsausdruck aus dem Fenster.

Ich fühle mich wegen ihrer Einsamkeit irgendwie schuldig. Also mache ich etwas, was ich in meinem Leben selten gemacht habe. Ich gehe rüber und umarme meine Mutter. Ihre Antwort ist so einladend und stark, als wollte sie sich bedanken. Es ist mir unangenehm. Sie fängt plötzlich an zu weinen und hält mich fester.

„Weine nicht, du bist eine großartige Mutter", versichere ich ihr, als ich mich zurückziehe. Ich gehe in die Männerhöhle, um Xbox zu spielen. Ich überlasse sie ihrer Musik, den Zigaretten und dem Alkohol. Sie wiegt sich und schwankt zur Musik.

Sie sieht so traurig aus, dass es mir das Herz bricht.

KAPITEL 8- DIE MARC HALL - GESCHICHTE

Barry und ich sitzen in der Bibliothek, als die Geschichte von Marc Hall in den Nachrichten auftaucht. Marc Hall ist ein Teenager aus Oshawa, der sein männliches Date zum Abschlussball mitnehmen wollte und vom Schulleiter und der katholischen Schulbehörde abgelehnt wurde. Wir sprechen über unsere zukünftigen Unipläne.

Barry möchte an einer Uni in den USA studieren. Obwohl er es nicht ausspricht, vermute ich, dass er aufgrund seines Basketballtalents einige Stipendienangebote erhalten hat. Ich sage Barry, dass es mein Traum darin ist, an die McGill University in Montreal zu gehen, um schließlich Jura zu studieren. Barry weiß noch nicht, was er tun will. Er ist für eine Weile still. Als ich frage, was er denkt, sagt er nichts, sondern seufzt.

Ich frage ihn nach seiner Meinung zu Marc Hall und der ganzen Situation. Barry kommentiert es nicht. Ich glaube, er hat Angst, dass ich ihn zum Abschlussball bitten werde. Er kommentiert nur, dass er sicher ist, dass Marc es vor Gericht bringen wird, wenn die Schulbehörde es nicht erlaubt.

In diesem Moment kommen Monica und ihre Gruppe von übermäßig geschminkten Mädchen in Versace-Kleidung und Max-Kosmetik und begrüßen Barry. Barry schaut ziemlich nervös auf und wirft mir einen kurzen Blick zu, um zu sehen, ob ich okay bin. Bin ich nicht. Ich muss jedoch zugeben, dass Barry damit umgeht, so gut er es kann. Irgendwie habe ich das Gefühl, dass Monica mir einen I-know-What-You-Did-Last-Summer-Blick zuwirft. Der Gedanke daran bringt mich zum Lachen, weil ich letzten Sommer eigentlich nichts, am Wochenende aber sicherlich etwas GROSSES getan habe.

Tatsächlich reicht Marc Hall am nächsten Tag eine Klage ein, die für den Obersten Gerichtshof von Kanada bestimmt ist. Die meisten Meinungen meiner Klassenkameraden und Fakultät sind positiv und unterstützen Marc Halls Situation. Monica beschwert sich bei allen, wie sehr Schwule die ganze Aufmerksamkeit in diesem Land wollen. Barry gibt mir das Gefühl, dass wir nicht an diesem Gespräch teilnehmen dürfen. Als niemand das Thema aufgreift, wendet sie sich erneut an Barry und sagt laut:

„Ich hatte Spaß am Telefon", damit jeder hören und denken kann, dass sie es ständig tun. Ich denke, dass es eine verzweifelte Bitte an die Gruppe ist, anzuerkennen, dass sie und Barry etwas haben. Monica berührt Barrys Kragen, als sie sich umdreht, um zu gehen. Ich weiß, wenn sie es gewagt hätte, hätte sie ihn geküsst, aber etwas in seiner Körperhaltung macht es ihr schwer, sich zu bewegen.

Toll gemacht Barry! Ich lächle leicht und bin entschlossen, es nicht durchkommen zu lassen. Es ist größtenteils vergebliche Liebesmühe aber trotzdem halte ich den Schein für Barry aufrecht.

Alles scheint sich um die Klage von Marc Hall zu drehen, und ich schäme mich, dass ich nicht den Mut habe, offener mit meinen Gefühlen umzugehen. Ich möchte wirklich mit Barry darüber sprechen, aber er will nicht darüber diskutieren. Er gibt mir immer eine kurze Antwort und wechselt das Thema.

Als Barry beim Basketballtraining ist, finde ich meinen Weg zu unserem Computer in der Schulbibliothek und suche nach allem, was ich in der Rechtssache Marc Hall finden kann. Ich habe solche Angst, dass mich jemand beim Lesen erwischt, dass ich den Bildschirm schnell minimiere, wenn ich jemanden auf mich zukommen höre. Ich beschließe, nicht mehr zu den Spielen zu gehen, und das lässt mir viel Freizeit. Da heuteFreitag ist und ich alleine zu Hause bin, entscheide ich mich, mit Taggs spazieren zu gehen. Taggs bellt jedoch an der Tür, als hätten wir einen Besucher.

In der Hoffnung, dass es Barry sein wird, öffne ich grinsend die Tür, aber das Grinsen verschwindet schnell. „Hey Kleiner, du hast mich beim Basketballspiel hängenlassen." Ich hatte Papa völlig vergessen und hätte daran denken sollen, ihn anzurufen.

„Entschuldigung, ich habe vergessen anzurufen. Mama macht Hausbesichtigungen und ich wollte gerade mit dem Hund spazieren gehen." Papa schließt sich mir gerne an und bemerkt, dass es lange her ist, dass er mit Taggs Gassi gehen darf.

Während wir gehen, erkläre ich Papa meine Pläne für die Universität. Ich sage es ihm so einfach wie möglich. Ich habe wirklich keine emotionale Bindung, da ich gerade größere Dinge im Kopf habe. Papa scheint jedoch sehr besorgt darüber zu sein, wie ich mit Freundschaften, dem Basketball-Vorfall und dem Leben im Allgemeinen zurechtkomme.

Es ist traurig, dass ich nicht über diese Dinge sprechen möchte; Worüber ich wirklich sprechen will, das ist Barry. Ich kann mich jedoch nicht dazu überwinden, dieses Thema mit ihm oder sonst jemandem zu besprechen. Aber ich mache das nächstbeste: Ich frage ihn nach seinen Gedanken zum Marc Hall-Prozess.

Papa scheint sehr gut über das Thema Bescheid zu wissen, da es seit einer Woche jeden Tag in den Nachrichten besprochen wird. Er ist der Meinung, dass Sexualität eine persönliche Reise sei und dass Schwule in der heutigen Gesellschaft mehr Rechte wollten und dass er mit diesem Thema einverstanden sei.

„Wenn Marc Hall dein Sohn wäre, würdest du ihm erlauben, die Regierung zuverklagen?", frage ich.

„Verdammt, ich würde den Anzug dafür selbst bezahlen", sagt er stolz.

Ich möchte ihm fast von Barry erzählen, aber ich bin nur froh zu wissen, dass mein Vater offen für einen schwulen Sohn ist. Ich habe wirklich das Gefühl, dass Marc Hall großen Mut hat, während das bei Barry und mir nicht so ist.

Papa und ich gehen und unterhalten uns fast eine Stunde lang. Ich denke, dass es ihm ein gutes Gefühl gibt, sich mit mir zu „verbinden". Er versucht sein Bestes, um Unterstützung zu leisten, und ich bin froh, dass er besorgt ist. Aber dann mache ich den Fehler, meinen Vater zu fragen: „Woher wusste er, dass er verliebt ist?"

Er sieht mich mit einem eigenartigen Lächeln an und beginnt mir seine Liebestheorie zu erzählen. Laut Papa zeigt sich Liebe darin, was du bereit bist, für eine Person zu tun.

„Du kennst deine Mutter und mich", dann macht er eine Pause. „Nun, ich dachte sie wäre die Richtige für mich, aber du weißt, Mark, du kannst wieder lieben." Ist das nicht ein Lied? Ich werde wieder lieben?

Ich lache und mein Vater packt mich spielerisch und lacht mit.

Ich sehe seine zweite Frau und meine Halbschwester nur in den Ferien und zu besonderen Anlässen. Ich weiß, dass es höflich ist, nach ihnen zu fragen, und das tue ich auch. Papa scheint Freude daran zu haben, mich über ihren Alltag zu informieren. Ich glaube, er hat dieses Bedürfnis, für den Fall, dass ich bald zur Familie dazu gehöre. Ich finde es immer unangenehm, dass mein Vater zwei Leben hat. Ich weiß, dass es ziemlich verbreitet ist und ich weiß

nicht, warum es mich so stört. Wir haben nie wirklich über
die Scheidung oder meine Gefühle gesprochen.
Es ist dunkel, als wir heimkommen. Die Lichter sind an und
Mamas Auto steht in der Einfahrt. Papa kommt mit mir
rein. Obwohl die Scheidung einvernehmlich war, kann ich
immer noch ein wenig Spannung zwischen meinen Eltern
spüren. Ich denke, meine Mutter trägt es nach, dass mein
Vater so schnell wieder geheiratet hat. Sie tauschen ein
„Hallo" aus und Papa erkundigt sich nach Mamas Arbeit.
Er achtet immer darauf, nicht über sein neues Leben zu
sprechen, und Mama achtet immer darauf, nicht zu fragen.
Papa geht kurz danach und Mama wird still.
Es ist Ende März, als die Zulassungsschreiben der Unis
eingehen. Ich würde Barry gerne mitteilen, welche Schulen
mich angenommen haben. Ich freue mich zu sehen, dass
ich sowohl in Dalhousie als auch in McGill aufgenommen
werde. Mama neigt eher zu McGill und Papa zu Dalhousie,
weil er ursprünglich aus Halifax stammt und das seine
Alma Mater ist. Es könnte gut sein, dass dort mit meinen
familiären Wurzeln in Kontakt komme.
Es ist keine Überraschung, dass ich das Angebot von McGill
angenommen habe.

KAPITEL 9- RAVE PARTY

Der Frühling ist da und wenn wir keine schweren Schulverpflichtungen haben, verbringen Barry und ich fast alle unsere Zeit zusammen. Privat lese ich alle Artikel, die ich über den Marc Hall-Prozess finden kann. Barry und ich genießen die Gesellschaft des anderen sehr. Wir können einfach den ganzen Tag herumsitzen und Musik hören. Oder wir legen uns auf den Rücken auf sein Bett und beobachten die Wolken aus dem Fenster und sagen nichts. Wir trauen uns manchmal in die Stadt.

Eines Nachts gehen wir zu einer Rave-Party. Es ist ein Zufall, dass wir in der Oakville Mall einen zerknitterten Flyer auf dem Boden sehen, der für den Underground-Rave wirbt. Es fällt mir nur wegen der Regenbogenfahne auf. Es soll an der Queen Street West in Toronto stattfinden.

„Sechzig Dollar", schreie ich und zeige auf den Eintrittspreis.

Barry zuckt die Achseln.

„Ich habe keine 60 Dollar. Ich habe kaum genug für den Fahrpreis, um nach Toronto und zurück zu kommen,„ sage ich.

„Also, wie viel kannst du beitragen?", Fragt Barry.

„Ich weiß nicht, bestenfalls vierzig Dollar", sage ich nachdenklich.

„Okay, gib mir die 40 Dollar und mach dir keine Sorgen um den Rest",bietet mir Barry an.

Wir haben beide schon einmal von Raves gehört, aber nie von schwulen.

Barry sieht mich an und fragt sich laut, ob wir es uns ansehen sollen. Wir planen unsere Flucht in die Stadt mit Leichtigkeit. Wir packen Taschen für unsere große Reise nach Toronto. Wir lügen unsere Eltern an und sagen ihnen jeweils, dass wir bei einander schlafen. Wir nehmen den GO-Zug um 22:57 Uhr und kommen um 00:30 Uhr in Toronto an. Wir sind die einzigen zwei Personen im GO-Zug. Wir sind beide voller nervöser Energie und sind aufgeregt. Nachts scheint in Toronto alles so groß und beängstigend zu sein. Als wir in dort ankommen, stellen wir schnell fest, dass wir keine Ahnung haben, wo sich dieser Ort befindet.

Barry fährt mit dem Taxi von der Union Station zur Adresse in der Queen Street West. Es liegt direkt an der Queen Street in einer schmuddeligen Gasse, die von Reihen alter Lagerhäuser flankiert wird. An den blinkenden Lichtern ist ersichtlich, in welchem Gebäude der Rave stattfindet. Als das Taxi anhält und Barry bezahlt, holt er einen riesigen Haufen Geld heraus. Ich habe noch nie in meinem Leben so viel Geld gesehen. Er bezahlt den Fahrer schnell und stopft den Rest in seine Hosentasche, wodurch sich eine große Ausbuchtung in seiner Jeans bildet. Wir stellen uns in die Eingangsschlange. Die Kleidung, die einige von den anderen tragen, ist ausgefallen. Wir sehen im Vergleich zu allen anderen so schlicht aus. Typen in Kleidern, Typen in Federboas und Unterwäsche, Muskel-T-Shirts und Glitzer überall. Ich weiß, dass Barry das nicht mögen wird, aber bisher scheint er damit einverstanden zu sein.

Das Gebäude ist eine Art verlassenes Lagerhaus aus rotem Backstein. Bei manchen Fenstern fehlen die Scheiben. Auf dem kaputten Bürgersteig in der Gasse fehlen Abschnitte, und überall tote Grasflächen. Ich denke, es sind ungefähr hundert Leute in der Schlange, aber sie bewegt sich schnell. Vor uns stehen zwei heiße Spanier. Sie reden die ganze Zeit, in der sie in der Schlange stehen, sehr laut auf Spanisch mit ihren Handys. Ich finde das unhöflich, denn es wäre schön gewesen, zumindest die Gelegenheit gehabt zu haben, mit ihnen zu sprechen. Ich habe noch nie so viele schwule Männer zusammen in einer Gruppe gesehen. Ich bin aufgeregt und möchte Freunde finden. Die Schlange ist zu lang, so dass sie zur zufälligen Überprüfung wechseln. Wir gehen rein, ohne überprüft zu werden. Wir waren darauf vorbereitet, direkt abgelehnt zu werden, aber das passiert nicht.

Im Inneren sind Hunderte von Menschen zusammengepfercht, Musik dröhnt und überall blinken und winken Laserlichter. Das Echo von der hohen Decke verleiht der Musik einen seltsamen Effekt. Die Hitze, die von der Tanzfläche ausgeht, fühlt sich großartig an. Die ganze Stimmung ist berauschend. Barry und ich schlängeln uns durch die Menge und gehen direkt zur Bar und bestellen Getränke. Ich denke, das Trinken könnte der einzige Weg sein, wie Barry mit diesem Wahnsinn umgehen kann.

Er hat das ganze Geld; ich habe ihm meine 40 Dollar gegeben, denn er hat versprochen, den Rest zu decken. Ich weiß, dass er viel Geld hat, aber ich hatte keine Ahnung, wie viel. Ich sehe, wie er schnell seinen Rum mit Cola runterkippt und sich nervös umschaut. Er bestellt noch einen, bevor ich überhaupt an meinem nippen darf. Dies ist eine Seite von Barry, von der ich nichts weiß. Ich nippe an meinem Getränk, weil ich nicht wirklich viel trinke. Als der Alkohol einsetzt, wird Barry körperbetont. Er wirkt entspannter und kann mehr lachen.

Die Musik ist zwar plärrend laut, hat aber einen guten Beat. Typen stoßen und reiben überall. Es gibt sogar Leute, die sich auf der Tanzfläche küssen. Ich möchte tanzen und Barry fordert mich auf. Dies ist das erste Mal, dass Barry und ich zusammen tanzen. Es scheint gleichzeitig umständlich und cool. Barry macht es nichts aus, weil er bereits betrunken ist. Er kommt immer wieder auf mich zu, um sich an mir zu reiben, und das bringt mich zum Lachen und ich stoße ihn weg. Barry, der betrunken ist, nimmt es als Spiel und macht mit seinen Fingern dumme Stierhörner, als er wieder auf mich zukommt. Jungs tanzen, küssen und schmusen überall um uns herum. Ich fühle mich überglücklich.

Als meine Hemmungen nachlassen, küsse ich Barry auf der Tanzfläche. Unser Kuss ist wirklich leidenschaftlich und dauert lange. Keinen interessiert es. Das ist toll. Ich kann den Rum in seinem Atem riechen. Wir tanzen eine Weile und sind beide ziemlich schweißgebadet, als wir wieder in der Bar sind.

Barry geht zum Tresen, aber ich werfe ein: „Wasser für uns beide, bitte."

Barry runzelt die Stirn über meinen Nachdruck, nickt aber dem Barkeeper zur Bestätigung zu.

Ich mag diese Seite von Barry nicht. Es ist neu für mich und ich schließe daraus, dass ihn das menschlicher erscheinen lässt. Ich glaube nicht, dass ich das Interesse an Barry verliere, aber ich hatte jetzt Zeit, ihn besser zu verstehen und einige seiner Schwächen oder Fehler zu erkennen. Ich weiß, dass niemand perfekt ist, aber er scheint süchtig zu sein. Ich habe das Gefühl, dass ich mehr Mut habe, für das einzustehen, woran ich glaube, auf meine eigene Weise, als er. Diese Rücksichtslosigkeit beim Betrinken lässt mich jedoch darüber nachdenken, wie unreif er manchmal sein kann. Wir bekommen unser Wasser und Barry winkt, dass er auf die Toilette gehen muss. Ich folge ihm, aber das scheint ihn nicht zu stören. Barry geht in die einzige freie Kabine. Als er sein Geschäft beendet hat, höre ich eine der Kabinentüren aufschlagen. Ein großer muskulöser Mann geht hinaus, zieht seinen Reißverschluss hoch und lässt ein Mädchen zurück. Die Kabinentür ist offensichtlich noch offen und dort sitzt ein schlankes, rothaariges Mädchen auf der Toilette, mit ihrer Unterwäsche um die Knöchel. Ich schaue hinein, aber ich kann ihr Gesicht nicht sehen, als sie ihren Kopf in den Händen versteckt.

„Alles in Ordnung?", frage ich. Sie hebt den Kopf und versucht sich zu konzentrieren. Ich denke, sie hat ziemlich viel getrunken. Inzwischen ist Barry zu mir gekommen. Da ich nicht besonders subtil bin, frage ich: „Hat dieser Kerl dich vergewaltigt?"

Das lässt Barry mich so ansehen, als wäre ich von einem anderen Planeten. Sie schüttelt den Kopf.

„Soll ich Hilfe holen? Geht es dir gut?" Ich frage noch einmal und versuche verzweifelt, meine Dummheit zu vertuschen.

„Wirst du mit den Fragen aufhören?", schnappt sie. „Ich habe keine Ahnung, wer dieser Typ war. Ich habe ihn nur zum Spaß hierher gezogen, okay?"

„Okay." Barry stimmt zu, leicht genervt und überrascht. „Dann lassen wir dich in Ruhe."

„Nein, bitte geh nicht.", fleht sie. „Ich denke, ich werde kotzen."

„Zieh deine Hose hoch und dann helfen wir dir", sage ich. Sie tut das und versucht aufzustehen. Wir sehen schnell, dass sie nicht sehr stabil auf den Beinen ist, aber Barry auch nicht. Ich muss nach ihr greifen, um zu verhindern, dass sie rückwärts fällt, und ich schaffe es, ihre Handtasche zu greifen, bevor sie in die Toilette fällt. Sie torkeln zu den Waschbecken, wo sie sich sofort übergeben muss.

„Danke", sagt sie, als Barry ihr ein Papiertuch gibt, um sich den Mund abzuwischen. „Du bist ein echter Samariter!"

„Das ist das Mindeste, was ich tun kann", antwortet er. Das Mädchen lächelt und greift nach Barrys Schritt. „Whoa, ich bin mir nicht sicher, ob das eine gute Idee ist", lacht Barry. „Ich bin mit jemandem zusammen."

„Diese Süße hier?" Sie dreht sich um, um mich zu packen und verliert fast das Gleichgewicht. „Ich bin Mark", sage ich und versuche freundlich zu sein, obwohl ich von diesem Mädchen, das bei einem schwulen Rave im Männerklo betrunken ist und Sex mit meinem Freund haben möchte, leicht angepisst bin. Mehrere Typen kommen auf dem Weg zu den Toilettenkabinen an uns vorbei, sie achten nicht auf uns.

„Kara", antwortet sie. „Stört es dich, wenn ich mir deinen Freund ausleihe?" Sie versucht Barry dazu zu bringen, sie zu küssen, aber ohne Erfolg. Ich ziehe sie weg, aber Barry macht die Sache noch schlimmer, indem er versucht, mich zu küssen. Das ist eine ziemlich chaotische Situation und ich bin die einzige Nüchterne. Die Frage ist, was mit Kara zu tun ist. Kara ist sehr hübsch und ein paar Jahre älter als wir. Ich schaue auf die Uhr. Es ist fünf Uhr morgens.

„Sollen wir sie nach Hause bringen?", frage ich Barry.

„Ja", antwortet Kara und grinst Barry an.

Ich sage ihr, dass wir nicht hier leben, aber wir könnten sie absetzen. Ich erzähle ihr, dass es unser erster Rave ist. Karas Gesicht verzieht sich zu einem Grinsen.

„Oh, wie alt seid ihr? Ihr sieht so bezaubernd aus." Barry bekommt einen panischen Ausdruck auf seinem Gesicht und denkt, ich würde uns auffliegen lassen. Stattdessen bewege ich sie zur Tür, wo wir alle drei zum Ausgang stolpern.

Glücklicherweise warten da Taxis, und wir erwischen eins. Wir stapeln uns alle hinein und ich frage Kara nach ihrer Adresse.

„Robinson und Bathurst, 2355 Robinson Street in der Nähe von Bathurst."

Der Taxifahrer fährt los. Zum Glück ist es nicht sehr weit. Barry besteht darauf, dass wir sie in ihr Apartment bringen, da es so aussieht, als wäre sie ohnmächtig geworden. Beim

Aufwachen stimmt Kara zu und lädt uns ein. Es ist kalt, da unser Schweiß jetzt getrocknet ist und unsere klamme Kleidung gegen unseren Körper drückt.

Wir klettern die Zementstufen hinauf und Kara durchsucht ihre Handtasche nach den Schlüsseln. Ich denke, sie wird ewig brauchen, um die Tür zu öffnen, also bestehe ich darauf, sie für sie aufzuschließen.

Ich suche nach dem Lichtschalter, fummle herum und finde einen. Das Licht ist Neonleuchte, die alles faulig gelb aussehen lässt. Vor uns liegt eine steile Treppe, deren Aufstieg mit der halb schlafenden Kara und dem taumelnden Barry ewig dauert. Ich schalte einen weiteren Lichtschalter ein und sehe einen Wohnbereich vor mir, in dem ich Kara sicher hinlegen kann. Ich lasse sie auf einen Sitzsack fallen, der in der Mitte des Raumes sitzt. Eine schwarz-weiße Katze miaut bei all der Aufregung. Ich gehe den Flur entlang, um die Küche zu finden, und Barry folgt mir. Er klammert sich an mich und will mich wieder küssen. Ich bin nicht in der Stimmung dafür, aber ich schätze die Geste. Er schmollt, ändert aber schnell seine Meinung, als wir die Küche finden. Ich finde eine Kanne und koche etwas Wasser für Tee. Ich finde die Teebeutel im Schrank. Barry schnüffelt weiter durch Schubladen und macht viel Lärm.

„Willst du etwas Tee?", frage ich ihn. Er schüttelt den Kopf, als er den Kühlschrank öffnet, einen Brita-Wasserfilter herausholt und stattdessen um Wasser bittet. Ich gebe ihm einen Becher aus einem passenden Set auf der Theke. Ich bringe zwei Tassen heißen Tee ins Wohnzimmer und gebe Kara einen. Sie ist jetzt etwas wacher. Wir werfen uns auf den Chesterfield vor dem Fernseher.

„Wollt ihr ein paar?" Wir sehen uns beide an und lächeln.

„Ja", sagen wir unisono und lachen über unsere zufällige Antwort.

„Awww, das ist so süß. Tut mir Leid, dass ich versucht habe, dich aufzureißen. Wie heißt du?"

"Barry", antwortet er lächelnd. Ich mag Kara, obwohl sie sich beim Rave wie eine totale Hure benommen hat. Sie ist die erste Person, die unser Geheimnis kennt.

Wir erzählen ihr von uns und sie spricht über sich. Sie ist Empfangsdame bei einer Investmentgesellschaft. Während wir reden, halten Barry und ich uns an den Händen. Es ist Sonnenaufgang, als das Gespräch abbricht und der Schlaf uns übermannt. Sie zeigt uns, wo ein paar Decken sind und wir krachen auf den Boden ihres Wohnzimmers, während sie in ihrem Bett schläft.

Sie schläft immer noch tief und fest, als Barry und ich aufwachen. Ich gebe es nur ungern zu, aber wir haben herumgespielt, während sie im Nebenzimmer geschlafen hat. Als Barry und ich ganz wach sind, scheint Kara nicht aufstehen zu wollen. Also lassen wir sie schlafen. Ich fische in einer Schreibtischschublade nach Stift und Papier und hinterlasse ihr eine Nachricht, in der ich mich bei ihr für ihre Gastfreundschaft bedanke. Ich gebe ihr meine Email-Adresse und hoffe, von ihr zu hören. Wir nehmen ein Taxi an der Ecke und es bringt uns zur Union Station.

Barry ist während der Zugfahrt verkatert, versucht es aber zu verbergen. Die Heimfahrt verläuft in völliger Stille. Wir erreichen unsere jeweiligen Häuser erst am Sonntag um halb fünf Uhr.

Ich fühle mich so schmutzig und müde. Ich dusche und sehe fern, bevor ich ins Bett gehe.

KAPITEL 10 - NACH DER HIGH SCHOOL

Vor allem liebt Barry die langen Spaziergänge mit Taggs in der Schlucht. Barry taucht oft mit Leckereien und Dosenfutter für Taggs auf. In gewisser Weise glaubt Mama, dass sich unsere Freundschaft durch Taggs und Barrys Bedürfnis nach einer Hunde-Kameradschaft entwickelt hat. Es freut mich, Mutter mit ihrer Meinung so daneben zu sehen.

Während eines unserer langen Spaziergänge spricht Barry etwas an, von dem ich wusste, dass es irgendwann passieren würde.

„Ich muss dir etwas sagen", platzt Barry nervös heraus. „Ich gehe mit Monica zum Abschlussball." Er sieht mich schnell an, um meine Reaktion zu sehen. Ich habe einen hohlen Knoten im Bauch und möchte fragen, warum, aber ich kann die Worte nicht finden.

„Naja, ich muss dir wohl vertrauen", sage ich leise. Wir gehen die verbleibende über Zeit schweigend. Taggs trottet weiter, ohne sich bewusst zu sein, was für ein Gespräch gerade stattgefunden hat.

Wir verabschieden uns. Die Luft zwischen uns ist so dick, dass ich kaum atmen kann. Mein Kopf hat so viele Gedanken, dass ich Kopfschmerzen bekomme. Ich frage mich, ob Barry mich zum Rave mitgenommen hat, weil er wusste, dass er mir diese schlechten Nachrichten überbringen musste.

Barry hatte nicht die Absicht, mich zum Abschlussball einzuladen. Barry ist nicht Marc Hall. In gewisser Weise wird Marc Hall mein Held, weil Barry es nicht geschafft hat, die Dinge richtig zu machen. Monica ist diejenige, die der Gruppe die Geschichte erzählt, dass sie und Barry zusammen gehen werden.

Am Abend buchen alle Jungs ein Zimmer im Hotel. Sie
kleiden sich, als würden sie allein gehen. Sie mieten
Limousinen und holen ihre Verabredungen zu Hause ab.
Barry kauft Monica eine weiße Corsage. Bei Monica
werden Bilder gemacht, um die Erinnerungen festzuhalten.
Dies alles geschieht nur ein paar hundert Meter von
meinem Sitzplatz entfernt, und ich sehe allein fern. Weder
meine Mutter noch mein Vater fragen, ob ich zum
Abschlussball gehe. Ich schaue fern, bis mir langweilig wird,
und stapfe dann mit Taggs hinter mir die Treppe hinauf.
Ich bin ziemlich taub. Ich möchte nicht über die Bedeutung
dieses Tages nachdenken. Genau wie ich vermute, ist es ein
ziemlich ereignisloser Abschlussball. Barry und Monica
hängen ein bisschen rum. Sie tanzen und sie küssen sich,
aber ich denke, Barry lässt sie wissen, dass jemand anderes
in seinem Kopf ist.

Am Tag nach dem Abschlussball kommt Barry vorbei, um
mit mir abzuhängen, aber das ist der Tag, den ich für
meinen Vater reserviert habe. Ich bin wirklich überrascht,
beide im Flur zu sehen, als ich nach unten komme. Es
herrscht eine unangenehme Stille zwischen uns. Ich stelle
die beiden vor. Papa bietet an, Barry und mich zum
Mittagessen mitzunehmen, und seltsamerweise warten
beide auf meine Antwort, anstatt dass Barry antwortet. Also
bringen wir Barry zu Kelsey's, dem üblichen Ort unserer
Familie. Barry scheint gespannt darauf zu sein, mit meinem
Vater zu sprechen. Ich kann mich nicht erinnern, dass
Barry jemals zuvor so gesprächig und offen war. Mein Vater
ist ebenso freundlich und ich weiß, dass dies bedeutet, dass
ich peinliche Geschichten „als Mark ein Kind war"
durchstehen muss.

Während wir sitzen, kommen Todd Polino und Judy
Aronson zu unserem Tisch. Sie unterhalten sich mit Barry
über den Abschlussball und ignorieren praktisch meinen

Vater und mich. Mein Vater schaut zu mir hinüber und sieht mich verwirrt an. Als Todd und Judy gehen, fragt mein Vater Barry, ob er zum Abschlussball sei ist. Barry antwortet und sieht beschämt aus. Ein Moment der Stille fällt auf den Tisch.

Mein Vater spürt die Spannung und kann alles zusammenfügen. Er sieht uns an und sagt: „Wir müssen nicht alle Marc Halls sein."

Barry wirft mir einen nervösen Blick zu und ich habe keine Ahnung, worauf mein Vater hinaus will, aber zum Glück kommt der Kelnner, um unsere Bestellungen entgegenzunehmen, und rettet uns. Bald dreht sich das Gespräch um zukünftige Pläne, Basketball, Familien und mehr „als Mark noch klein war"-Geschichten. Dad tut wirklich alles, um sich mit Barry zu verbinden, und es scheint zu funktionieren. Ich habe Barry noch nie so wohl mit einem Erwachsenen gesehen und dadurch merke ich mehr denn je, dass mein Vater ein ziemlich erstaunlicher Typ ist.

Als das Mittagessen vorbei ist und Papa uns absetzt, greife ich zu ihm rüber und umarme ihn fest, und er drückt mich zurück.

„Du weißt, dass ich dich liebe, Sohn, egal was passiert."

Es ist genug, um mich zum Weinen zu bringen, aber ich halte mich vor Barry zurück. Davon habe ich schon genug getan. Als mein Vater losfährt, sehen Barry und ich, wie sein Auto verschwindet, als es von unserer Straße abbiegt.

„Dein Vater ist ein wirklich toller Kerl. Du hast mir nie gesagt, dass er so ist."

Am nächsten Morgen steht Barry vor meiner Tür und bittet, Taggs ausfähren zu dürfen. Ich lasse Barry allein, der mit Taggs spielt, während ich dusche. Mama hat Hausführungen und wir haben das ganze Haus für uns alleine. Wenn ich runterkomme, schauen wir beide uns an und kommen auf ziemlich intime Gedanken. Ich gehe jedoch zur Tür, als wollte ich sagen, dass wir wirklich mit dem Hund spazieren gehen sollten. Wir gehen unseren gewohnten Weg. Ich erzähle ihm, dass ich in den Nachrichten gelesen habe, dass Marc Hall und sein Freund Jean-Paul Dumond sich getrennt haben. Ich denke, sie sind trotzdem zum Abschlussball gegangen. Barry nickt anerkennend, aber seine Gedanken sind woanders.

„Ich muss den Sommer über nach Deutschland", sagt Barry. Seine Eltern wollen den Sommer bei ihren deutschen Verwandten verbringen. Barry sieht mich an und sagt mir, dass er mir etwas Besonderes geben möchte, um es richtig zu machen. Er greift in seine Tasche und überreicht mir sein Aufnahmeschreiben von der McGill.

Ich werde sehr schnell erwachsen, und die Uni scheint jetzt nicht mehr so weit entfernt zu sein.

Ende

Icon Empire Press

Bücher von Autor Robert Joseph Greene:

Besuchen Sie unsere Website: http://iconempirepress.webs.com/deutsch.htm

Schwule Liebesgeschichten aus aller Welt

ISBN: 9781927124208

ISBN(ebook): 9781927124215

Eine wundervolle Zusammenstellung von schwulen Kurzgeschichten aus aller Welt. Der Hintergrund dieser Geschichten basiert auf kulturellem, geschichtlichem Kenntnis von schwulen Männern sowie auf Kulturen, in denen Homosexualität ein Tabu ist. Dieses Buch ist ein Muss für alle Menschen, die Interesse daran haben, Schwule aus allen Kulturen und das menschliche Herz besser zu verstehen.

 Icon Empire Press

Die Verbotene Schriftrolle

ISBN 978-1-927124-32-1

ISBN (ebook): 978-1-927124-31-4

Was Sie gleich lesen werden, ist eine kurze fiktive schwule Liebesgeschichte namens „Die verbotene Schriftrolle".

Sie handelt von Terryn von Cole, einem Schreiber, und seiner Beziehung zu Prinz Florian von Deira. Terryn wurde vom Fürsten angewiesen, eine Schriftrolle, auf der „Verboten" stand, zu übersetzen. Der Inhalt der Rolle ist sexueller Natur und führt dazu, dass die beiden jungen Männer ihre Sexualität ergründen.

Bemerken: Was Sie gleich lesen werden, ist eine fiktive schwule Liebesgeschichte namens „Die verbotene Schriftrolle". Die Geschichte dreht sich um die Entdeckung des Tatsachenberichts in „Erotes", von Lukian von Samosata verfasst (die ursprüngliche verbotene Schriftrolle).

Diese Geschichte wird von der ursprünglichen, unbearbeiteten Übersetzung des Sachtexts von Lukians „Erotes" begleitet, damit Sie selbst entscheiden können, was der Wahrheit entspricht.

Lukian von Samosatas Werke sind im „Verzeichnis der verbotenen Bücher" (Librorum Prohibitorum) enthalten.